En la penumbra

En la penumbra

Juan Benet

ALFAGUARA HISPANICA

© 1989, by Juan Benet
© De esta edición:
1989, Altea, Taurus, Alfaguara, S.A.
Juan Bravo, 38 28006 Madrid
Teléfono (91) 276 38 00

ISBN: 84-204-8054-1
Depósito legal: M. 775-1989
Diseño:
Proyecto de Enric Satué
Cubierta:
«Día de lluvia» (1906) por F. W. Benson
(Art Institute of Chicago)

Todos los derechos reservados.
Esta publicación no puede ser
reproducida, ni en todo ni en parte,
ni registrada en, o transmitida por,
un sistema de recuperación
de información, en ninguna forma
ni por ningún medio, sea mecánico,
fotoquímico, electrónico, magnético,
electroóptico, por fotocopia,
o cualquier otro, sin el permiso previo
por escrito de la editorial.

Índice

Octubre	9
Junio	23
Junio	31
Octubre	39
Mayo	51
Octubre	65
Junio	79
Junio	91
Octubre	99
Agosto	115
Junio	127
Octubre	133
Agosto	147
Octubre	163
Septiembre	169
Octubre	177

Octubre

—Ya te puedes ir —dijo la señora y de nuevo se caló los lentes y de nuevo empuñó la pluma para reanudar los asientos de su libro de caja, apaisado y abierto encima de su libro mayor, en cartoné de tapas negras y lomo y cantoneras rojas, de formato vertical. El administrador se levantó de la silla, a un lado del escritorio pero fuera del haz de luz del flexo.

—Seguiremos pasado mañana —dijo la señora para añadir a continuación: Ten cuidado al bajar, no pises la cera de la escalera.

El administrador abandonó el despacho sin salir de la penumbra, dejando tras sí la huella de su profesional discreción que le llevó a abrir y cerrar la puerta del gabinete sin hacer sonar el picaporte. Entonces también se levantó su sobrina para dejar su labor a un lado del sofá, recogida en una pequeña alforja bordada con dibujos ingenuos y de la que sobresalían dos agujas, como dos antenas. Aun cuando la señora no oponía el menor reparo a que su sobrina estuviera presente en el despacho con el administrador, una vez terminado éste prefería quedarse a solas para rumiar los asuntos pendientes, en tanto la sobrina bajaba a la cocina para vigilar los preparativos de la cena y hacer, como cada noche, la lista de la compra del día siguiente. Pero en aquella ocasión la señora se permitió alterar el curso de los acontecimientos habituales.

—Tú te puedes quedar —dijo la señora.

La sobrina volvió a tomar asiento en el mismo extremo del sofá isabelino, de madera de caoba y tapicería a bandas grises y blancas, con forma de góndola y dos brazos rematados por dos robustas y grandilocuentes volutas. Con medio cuerpo sumido en la penumbra, bajo la sombra de una pantalla de pergamino decorada con una cantiga inscrita con grandes caracteres negros, con las mayúsculas de color bermellón, la sobrina no reanudó la labor y ni siquiera mantuvo entre sus manos la madeja que sacó de la alforja para introducirla de nuevo en ella, llevándola más al fondo, como para dar a su gesto el carácter de clausura de la labor de la jornada. Y con una actitud aún más anticuada que su dedicación, se acomodó muy tiesa en el sofá, estiró su falda hasta la mitad de las pantorrillas y cruzó sus manos sobre su regazo, con el porte tanto de quien se decide a consumir una larga espera cuanto de quien se apresta a escuchar un recitativo de cierta extensión al término del cual (y cualquiera que sea el discurso escuchado) replicará con una intervención decisiva.

Era una habitación espaciosa, de la segunda planta, con dos balcones a la fachada principal de la casa, sobre el jardinillo que la separaba de la carretera; aun cuando guarnecida con unas cuantas piezas de calidad —la mesa de trabajo, el sofá y las sillas isabelinas, un brasero de pie de taracea, la alfombra astorgana de nudo, unos óleos verticales de fin de siglo, con paisajes nublados— era en esencia un gabinete de trabajo, de carácter marcadamente viril, dominado por un par de armarios cristaleros atiborrados de carpetas y legajos y una voluminosa caja de caudales, de la marca Gruber, cuyo plomizo color era indiferente a la luz y a la sombra, al día y a la noche, de cuyo dominante pomo (siempre despierto y atento, como un perfecto centinela) podía depender el ángulo de rotación del planeta. Y pese a algunas concesiones de la señora para otorgar a su gabinete un tono íntimo y en algo diferente al de cualquier terrateniente —un *chiffonier* de madera clara, la fotografía de su padre, junto a una vía de ferrocarril, en un marco ovalado de plata, su propio retrato inacabado sobre un caballete oculto por un cobertor de oscuro damasco, un número de bibelots a los que no concedía un excesivo aprecio, claramente consciente de su función simuladora— saltaba a la vista que se trataba del lugar de trabajo de una persona enteramente dedicada a él, con escasa propensión a ceder sus ocios a la indolencia y, tal vez, no muy dispuesta a efusiones de cualquier índole.

—He dicho que te quedes porque quiero que te quedes —dijo la señora, sin dejar de hacer un penúltimo asiento en el libro de caja, trasladando a él unas anotaciones escritas por la mano del mayoral en papel grueso, recortado de un envoltorio de granos, hechas a lápiz con una letra grande y sólo legible para una persona acostumbrada a ella y que el administrador le había entregado poco antes.

Sólo con apretar sus manos contra sus rodillas la sobrina se suministró un sobresalto y dio un pequeño respingo sobre el sofá, tal era la rigidez de sus articulaciones y la permanente tensión de sus músculos, para volver enseguida a la misma postura semirrelajada. A intervalos regulares la sobrina acostumbraba a procurarse a sí misma una casi imperceptible sacudida —muy distinta al tic nervioso independiente de la voluntad— con la que venía a restaurar un estado de tirantez poco a poco más laxo por el paso de los minutos y el peso del silencio.

—Si quiero que te quedes —dijo la señora al tiempo que cotejaba su último asiento con las correspondientes anotaciones del mayoral, hechas en un trozo triangular de papel muy grueso— es porque conviene que te quedes.

Al fin la señora comprendió que no podía atender al mismo tiempo dos cosas de parecida importancia y por una vez decidió que la presencia de su sobrina gozaba de cierta prioridad sobre el libro de caja que, tras despojarse de los lentes que dejó sobre el escritorio, cerró no sin introducir entre la última hoja escrita y la anterior el trozo de papel de envolver donde hiciera sus anotaciones el mayoral; apagó la luz del flexo, apoyó ambos codos sobre el tablero y la barbilla en el cuenco formado por las palmas abiertas de sus manos, tangentes en las muñecas, y dirigiéndose al fondo sumido en la media penumbra y ocupado por el *chiffonier*, sin mirar a su sobrina, dijo:

—De aquí a poco es posible que entre en esta habitación un hombre de unos cuarenta años, ya te lo advierto. Lo último que deseo es que te coja desprevenida y que sobre su inusitada llegada a esta casa levantes una de esas leyendas a las que tan aficionada eres. O, por el contrario, que la interpretes para dar pábulo a tus antojos y las falsas esperanzas que no sé quién te ha metido en la cabeza. En un par de ocasiones en los últimos diez años, y más o menos por estas fechas, se ha acercado hasta aquí, más o menos a esta hora de la tarde, con el único propósito de visitarme y con el vano intento de hacerme entrega de un mensaje. No pretende más que eso, entregarme un mensaje, y es muy posible que ni siquiera desee darse a conocer, pues debe suponer que estando en todo momento dispuesta a recibirlo —sin ninguna clase de ansiedad, pues es tal mi certidumbre que no puede degenerar en obsesión— no necesita de otras credenciales que su presencia, tras un viaje acaso largo y sembrado de dificultades. Sobre todas, las que él mismo se impone de antemano. Te diré también que sé muy bien cuál es el mensaje que ha de aportarme y ahí reside la clave de todo el asunto. No te puedo decir que haya dejado de creer en su contenido, o que ya no represente nada para mí a causa del tiempo transcurrido. Antes al contrario, forzoso es que reconozca que para mí el mensaje sigue siendo de vital importancia y que en modo alguno ha decrecido mi interés por él; tampoco ha aumentado, lo espero exactamente igual que el primer día —el día en que nos separamos, cada uno en una margen del río, separados por el puente—, al igual que es constante mi seguridad y mi confianza en su contenido. La vida me ha llevado a dejar de creer en muchas cosas pero en cambio me ha obligado —y muy contra mi voluntad— a conservar muchas otras creencias que, por numerosas razones, me hubiera convenido desalojar de mi espíritu. Y de todas ellas, ésta es la primera y la más inquietante. Así es la vida... —continuó la señora y la sobrina abandonó su postura frontal para observarla de refilón y tras una rápida ojeada —como la de la rapaz por un instante distraída de su punto de observación— volver a donde estaba, un poco más tensa—: «Así es la vida, nos enseña lo que no queremos aprender y nos obliga a recordar lo que desearíamos tener olvidado. En todas las ocasiones me he dicho que no tenía por qué dar crédito al mensaje, que se trataba de una superchería para engañarme vete a saber con qué propósitos, pero a la postre y para ser sincera conmigo misma tengo que reconocer que por debajo de esa defensiva desconfianza yo le atribuía toda la veracidad que mis secretas convicciones podían otorgar. Así que se puede decir que son dos las personas que esperan ese mensaje: una que desconfía de él, otra que lo desea con todo el fervor de su alma; o tres, con una tercera relegada a un futuro en que resolverá tal dicotomía con su sintética resolución. Sí, a pesar de que mi economía y mi decencia dictaban la conveniencia de no hacerlo así, yo seguía creyendo en el mensaje, tan digno de fe como la palabra revelada y tan temible como ella para amenazar y soliviantar el orden levantado con normas ajenas a sus mandatos. Es decir, que ni por un momento en mi fuero interno he dudado de la veracidad de lo que venía a comunicarme ese mensajero y siempre me he comportado como si le considerara el portador de una superchería. Ésa ha sido durante años la nota más relevante de mi carácter. Repara en que, por las pocas noticias que me han llegado de él, supongo que se trata de un mensajero nada más y que a él, en principio, tan sólo le debe importar el cumplimiento de su misión y, como mucho, el crédito que yo pueda conceder a su recado pero nada tiene que ver con el recado en sí ni con la influencia que pueda ejercer sobre mí. Y ni siquiera eso, pues con toda probabilidad ha sido encargado de entregarme un mensaje, sin más, con orden expresa de no detenerse a esperar y observar mi reacción que, así lo debe suponer quien le envía y me conoce, en ningún caso me atreveré a exteriorizar ante un extraño. Sin embargo, con frecuencia me he dicho que por muy segura que me hallare de mis recursos nunca debería correr el riesgo de abrir y leer el mensaje en presencia de su portador pues, dada la importancia que tiene para mí, ¿acaso no alumbraría la ocasión para que este alma, de la que me siento tan dueña, denunciara que está sujeta a otros vasallajes, tanto más estrechos cuanto más secretos los mantiene? No, no podía correr ese riesgo, compréndelo...»

—Lo comprendo perfectamente, tía —interrumpió su sobrina—. Lo comprendo muy bien. No tienes por qué extenderte en justificaciones. Está perfectamente claro.

La señora se detuvo con un gesto inacabado en el aire, un tanto perpleja. Encendió de nuevo el flexo, como para buscar la causa de su extrañeza por algún rincón de la mesa y mirando fijamente a su sobrina preguntó:

—¿Has dicho perfectamente?

—Eso he dicho, perfectamente. Es exactamente lo que he dicho: perfectamente.

La señora recapacitó. Paseó su mirada por todos los objetos de su mesa de trabajo y tras renunciar a encontrar la causa de su desazón apagó de nuevo la luz del flexo —era la primera hora de la tarde y le habría bastado descorrer los visillos para despejar las sombras del gabinete— y se reintegró a su anterior postura, un tanto más laxa, más conforme con el tono desencantado de su discurso:

«Me ofende» —dijo—; «me ofende que digas perfectamente. Me sorprende y me irrita que digas que comprendes perfectamente aquello sobre lo que llevo toda mi vida debatiéndome sin haber encontrado nunca una respuesta plenamente satisfactoria. Me alarma tu jactancia y tu soberbia me predispone a contradecirte. No puedo creer que, sin conocimiento de causa, comprendas a la perfección todo el cúmulo de contradictorias tendencias entre las que se mueve un alma que, casi a ciegas y fiando sus movimientos a un instinto que no le promete nada, intenta encontrar la salida hacia la no amenazada posición desde la que observarse, para verificar la rectitud de su conducta y la complejidad de su drama. Y tú apenas se ha alzado el telón y sin dar tiempo a que aparezcan en escena los personajes me vienes a decir que has comprendido perfectamente ese drama. Dime, ¿qué interés puedo tener en seguir adelante? ¿Qué clase de nuevas decepciones me tienes reservadas a partir del momento en que con un falso halago has logrado que pierda la confianza en el público que había elegido como depositario de mis confidencias? ¿Qué seguridad puedo tener en tu atención y de qué medios me he de valer para exponer mis más intrincadas —y en cierto modo desconocidas hasta el momento de la exposición— dudas si en pleno prólogo me estás pidiendo, de manera oblicua, que abrevie?»

—Me he expresado mal, tía, y reconozco que no he debido interrumpirte. Al decir que lo comprendía perfectamente me refería tan sólo al riesgo. Y sobre todo, al riesgo de no llegar a comprender en toda su magnitud la situación que estabas describiendo.

—Te comprendo muy bien —contestó la señora al tiempo que dirigía a su sobrina, a través de las medias luces de la estancia, una mirada aguzada que reestablecería su jerarquía. Luego añadió:

—Es lo malo de las interrupciones, cortan un discurso que ya no podrá ser el mismo. Quién sabe si como consecuencia de tu insolente pretensión y la necesidad de retomar el hilo de mi discurso lo que a continuación te diga no será distinto y tal vez opuesto a lo que pensaba decirte de no haber sido interrumpida. La palabra es la portadora de la razón y el cambio de una partícula puede llevar al pensamiento en una dirección imprevista. La idea más clara, hija mía, se inicia con tres palabras oscuras y solamente en el enigma se encierra un momento de felicidad, como una semilla en un fruto. Te decía que no podía correr ese riesgo y por eso tenía que dar importancia al mensajero; no un simple y mercenario portador del mensaje sino poco menos que el observador instantáneo de mi persona, de mi manera de ser y de mi primera reacción a la lectura del documento. Así que su misión había de consistir no sólo en aportarme el mensaje sino también en hacerme creer en su autenticidad y veracidad. Y yo estaba decidida desde hace años —es más, desde la primera vez que se presentó aquí— a obligarle a abandonar esta casa con la sensación de haber fracasado en su cometido. Hasta ahora, obvio es decirlo, me he conformado con lo más fácil, con detenerle en la puerta sin permitirle siquiera que cumpla la primera parte de su embajada, y por eso me he limitado a negarle el acceso hasta mí y obligarle a rehacer su camino y volver hasta su remitente para comunicarle su fracaso. Me he conducido así en parte llevada por una especie de rutina, por la reiteración del primer gesto de intransigencia, adquirida cuando era joven y pensaba no sólo que quedaba mucho tiempo por delante sino también que debía exigir de «él» —me refiero al remitente— un esfuerzo de acercamiento más intenso y persuasivo, algo más que el envío de una carta por un propio. Y esa confianza en el futuro, y esa exigencia por un gesto de mayor intensidad y amplitud, se veía reforzada cada vez que el mensajero se llegaba hasta aquí en actitud casi idéntica a la anterior, la mejor prueba de que también «él» consideraba que había tiempo por delante para reiterar sus intenciones y lograr sus propósitos sin necesidad de intensificar sus súplicas. Pero las cosas han cambiado, ya no soy joven, siento que el tiempo apremia y que quizá ha llegado el momento de permitir la entrada del mensajero en esta habitación, de permitirle también que me haga entrega del mensaje que acaso abriré en su presencia para que si sabe leer en mi cara, comprenda que también ha cumplido la segunda y más delicada parte de su misión. Que si le he recibido es para dar crédito a su mensaje, en lugar de refugiarme en una falaz socarronería con la que podría obtener —desde su punto de vista— el mismo resultado que negándome a recibirle. Porque no estoy pensando en un cambio de táctica con el que mantener una situación tras el agotamiento de los antiguos métodos; lejos de eso, estoy pensando en hacer efectivos los beneficios de mi política, tan largo tiempo reservada. Me preguntarás qué es lo que me mueve a conducirme así y te diré que las razones son antiguas, múltiples y poderosas —del tiempo de esa política— pero ninguna tan consistente como mi propia conducta. Así es, a la conducta —humana o animal— se le deben buscar las razones de su motivación cuando no se sustenta sobre sí misma y —análogamente— su propia solidez será el principio más racional de sus motivaciones. La perseverancia no tiene por qué explicarse pero los cambios sí, aunque sean la mejor manifestación del instinto. Por consiguiente, se trata ni más ni menos de la continuidad de una supervivencia, de un estilo y de una manera de ser no del todo voluntariamente elegidos pero sí tan severa y profundamente acatados que, dependiendo de ellos la paz de mi espíritu, en ningún momento me he decidido a hacer tabla rasa y renunciar a sus posibles beneficios. No niego que si en la primera ocasión hubiera contado con el suficiente coraje como para rechazar de plano toda sospecha acerca de la verosimilitud del mensaje, habría logrado crear un precedente que sin duda me habría empujado a un comportamiento muy diferente al que elegí pero, qué quieres que te diga, ése es mi posible error y sin duda mi cruz. Es probable que en todo ello haya por mi parte un descomunal error de cálculo, sí, que nunca me he decidido a investigar por temor a descubrirlo como tal, pero también me digo que aunque así fuera creo que habría podido asumirlo con los mismos recursos acumulados para resolver un único problema, cualquiera que sea su solución. Ésa es la mejor enseñanza de la presente historia: que no hay contradicción duradera porque el destino no es inteligente. Y que quien crea lo contrario sólo persevera en su debilidad. Ciertamente yo pude calcular mal su primera reacción a mi negativa a recibir a su mensajero y equivocarme al pensar que doblaría sus esfuerzos para la siguiente ocasión pero también es lícito suponer que, en correspondencia, yo habría incrementado asimismo mi resistencia para a la postre concluir en una situación de equilibrio análoga a la obtenida con una discreta y siempre la misma movilización de los respectivos recursos. Las consecuencias de aquella decisión —o de aquella flaqueza, si así lo prefieres— prevalecieron durante muchos años y cuando se produjo la segunda visita del mensajero (no era el mismo que el de la primera embajada; nunca ha utilizado la misma persona para ese cometido y eso me ha llevado a pensar, aunque nunca haya estado cierta de su vuelta con mi respuesta (o mejor, con mi falta de respuesta), que mi actitud ha sido para él una fuente de infinita congoja, además de un motivo de reflexión por haber elegido mal la fecha y tal vez la persona que debía traerme el mensaje, una reconsideración de toda su actitud para conmigo y sin duda un motivo no sólo para demorar por un largo plazo la siguiente embajada sino también para cambiar de embajador, a la vista de los pobres resultados obtenidos por el primero) ya había acumulado bastantes razones en mi espíritu como para afianzarme en la rectitud de mi respuesta y cobrar la suficiente confianza como para repetirla si llegaba la ocasión. No puedo negar que en mi primera reacción hubo algo de miedo a un gesto irreversible, la desazón provocada por la necesidad de dar una respuesta inmediata que no había tenido tiempo de meditar y el deseo —segura como estaba de que se repetiría la embajada— de concederme un plazo para ello; un plazo que no utilicé para buscar la solución definitiva sino más bien para regodearme en el acierto de la provisional, dando así lugar al origen de una tradición o una modorra o tal vez un *laissez faire* muy propios de quienes consideran que el tiempo trabaja a su favor. Me dirás que tal manera de comportarse define a una persona obstinada, que grava de muy distinta manera las razones que extrae de su yo a las expuestas por el prójimo. Ése es un detalle que no tiene gran importancia en la presente historia, pues teniendo sólo dos salidas he consumido mucho tiempo en meditar acerca de cómo habrían sido para mí estos años si, en cualquiera de las ocasiones, hubiera dado a entender al mensajero que no sólo creía en la veracidad de su recado sino que me disponía a tomarlo al pie de la letra, con toda la fuerza de mi voluntad y la probidad de mi espíritu, y siempre he llegado a la conclusión de que no por eso mi respuesta habría quedado en suspenso, pendiente de otro mensajero que habría de venir al cabo del tiempo con el mismo o parecido mensaje. Sólo por el hecho de enviarme una embajada —que yo no había solicitado— me colocaba en situación de espera y el que espera, ya se sabe, queda en buena medida a merced del esperado; así que sólo por el hecho de enviarme un mensajero mi independencia quedaba comprometida y mi condición menos favorable que aquella de la que gozaba antes de la embajada. Pero eso no es todo, ni mucho menos; te parecerá que en un caso así hay siempre un beneficiario y un perjudicado o, si no exactamente eso, una persona que impone su voluntad y otra que —a causa de la obstinación de la primera— ve permanentemente frustradas sus esperanzas. Las cosas distan de ser tan simples. Te decía que, antes de tomar una decisión, me preguntaba si no sería para él una causa de malestar. Si en algún momento hubiera podido tener la prueba de que en eso se quedaban las consecuencias de mi respuesta (o de mi falta de respuesta, más bien) —esto es, en un disgusto— muy probablemente habría dado otra, más conforme con la súplica. Pues se trata de una súplica, no lo olvides. Pero nunca pude dejar de pensar que mi actitud a la fuerza habría de modificar las bases de su petición, tal vez formulada con una juvenil precipitación incapaz de prever las consecuencias que a ambos acarrearían mis posibles concesiones. El que pide sólo en parte apuesta por un cambio en su situación, reservando la mayoría de sus recursos para el caso más que probable en que no sea escuchado; el que concede, por el contrario, ha de atenerse al cambio que de una vez para siempre introduce con su dádiva. Pero es más, una vez su demanda denegada el que pide se ve obligado a renovar el inventario de sus razones —e incluso el límite de sus aspiraciones— hasta alcanzar aquel momento de la persuasión que le permita conseguir los términos de la petición. Por consiguiente, toda denegación mantiene —es evidente— la situación establecida al tiempo que altera el espíritu del peticionario; por el contrario, toda concesión invierte las cosas: cambia la situación pero adormece el espíritu que sólo volverá a despertar cuando una nueva demanda denuncie el cansancio del equilibrio obtenido por la primera concesión. Por consiguiente mi respuesta (bien, mi silencio) estaba más dirigida a su cambio de actitud que a una perseverancia en la mía que en aquellas fechas estaba todavía por demostrarse. El silencio es sin duda lo que más interpretaciones admite y si el que lo recibe consigue apartar de sus ojos el velo del despecho, puede alcanzar un conocimiento del otro mucho más extenso que el campo cubierto por sus palabras. Así que —pensé— no le sería difícil interpretar mi repulsa como el exponente de una insatisfacción previa, provocada más por la fecha de la embajada que por la persona encargada de la encomienda, para obligarle a recapacitar acerca de una iniciativa tan precipitada y que para conseguir el fin que se proponía tenía que ser madurada y tal vez algo más; pues siendo todavía tan próximos los dos acontecimientos —la serie de sucesos que condujo a nuestro distanciamiento y la embajada con la que suplicaba que accediera a ponerle término o, al menos, a adelantar la promesa sin fecha de un reencuentro o —también es posible— a mitigarlo con una sensible reducción de las duras condiciones en que se desarrollaba— no podía sino presumir que entre ellos existía todavía una íntima relación; que el olvido del primero, al no ser completo, no había obrado el saludable efecto necesario para aceptar la segunda en cuanto propuesta para promover entre ambos una acción recíproca en todo ajena a nuestro pasado común y con la que encaminar nuestros pasos hacia una meta muy diferente a aquella que tantos y tan conocidos desastres produjo. El largo espacio de tiempo que medió entre la primera y la segunda embajada vino a confirmar mis suposiciones y me llevó a pensar, por un momento, que mi tácito mensaje había sido captado y comprendido y que —por ende— había decidido cambiar los aranceles de la demanda para acomodarla a mis deseos. Te confesaré que aquella segunda embajada fue la que más cerca estuvo de doblegar mi resistencia y que llegué a temer mi claudicación. Fueron horas de intensa zozobra mientras el mensajero esperaba en la puerta de fuera —ni siquiera autoricé a permitirle la entrada en el zaguán, a pesar del mal tiempo— y yo temía que cada minuto mío consumido en vacilaciones venía a transformarse en una sobredosis de su seguridad, y si no en otra prueba con la que levantarse con el triunfo de su misión sí en aquella que le permitiría proclamar a los cuatro vientos el efecto devastador de su presencia sobre mi trémulo espíritu. Y de repente comprendí que se trataba de una treta, de otra superchería, pues si bien podía presumir que el remitente había comprendido el significado de mi negativa a recibir a su mensajero en la ocasión anterior, era evidente que en esta segunda había confiado tan sólo al transcurso del tiempo el cambio de su súplica, sin alterar en nada su redacción, como para hacerme creer que el olvido de la primera se interponía entre ambas, cuando era precisamente su recuerdo lo que de nuevo le había empujado a tomar tal iniciativa. Así que ordené despachar al mensajero como había venido y me dispuse a esperar, en la paz del espíritu y con la satisfacción del deber cumplido, la tercera embajada que a no dudar habría de demorarse más aún que la segunda si todo había de desarrollarse de acuerdo con mis previsiones. La ciencia de la espera se alimenta de sí misma, sin confiar nada al mundo de los acontecimientos, y todo suceso no es más que una reproducción cuya matriz no ha existido nunca. Compréndelo...

—Lo comprendo pero no muy bien, tía.

—No veo por qué. No comprendo qué es lo que no comprendes, pues hasta ahora te lo he explicado todo —me parece— con la mayor claridad.

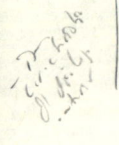

La señora se recostó en el respaldo de su sillón de orejas —un tabernáculo de la penumbra— y en su cara, sobre todo en su frente y en sus cejas, se dibujó esa expresión de melancólica plenitud que jamás deja entrar a la satisfacción, el mayor de los males para eso que llaman una persona de carácter:

—Si no comprendes lo que hasta ahora te he dicho no sé para qué seguir. Lo que viene a continuación es más difícil de entender pues no me creerás tan cándida como para contártelo todo, empezando por lo más interesante. No es un buen sistema. Te contaré sólo lo que te conviene saber de la parte que a mí me conviene contar; entre ambas conveniencias tal vez quedará fuera lo más sustancial del relato —que sólo conoce un tercero imaginario que ni narra ni escucha— y por eso deberás estar muy atenta a lo que escuches y completar con una ajustada imaginación aquellos hiatos que yo introduzca a mi antojo, así como algunos añadidos de mi cosecha, a fin de que en buena medida aprendas por tí misma la lección de una experiencia que tus limitados atractivos nunca te podrán proporcionar.

La sobrina apretó los codos contra los riñones y a sí misma se proporcionó una leve sacudida.

—Mis atractivos, tía, son como tu relato. Sólo enseño de aquellos que me conviene enseñar la parte que creo que el espectador conviene que vea.

—Yo también en mi juventud fui atrevida —replicó la señora— hasta que comprendí que tenía que utilizar mi osadía —toda una virtud, no lo niego— para algo más que para alcanzar unos fines inmediatos. Cuando aquel segundo mensajero abandonó la casa ya era de noche. Como todo de nuevo quedaba en suspenso yo preferí mantenerme segura de mí misma y en cierto modo satisfecha de la victoria de la confianza sobre la tentación; y ya que por el momento nada me permitía augurar un triunfo sobre él o un próximo desenlace del conflicto, que nada bueno puede traer para mí, tenía que conformarme con salir indemne de las pequeñas escaramuzas que lo habían de jalonar. Espero que lo comprendas.

—Lo comprendo perfectamente —contestó la sobrina, con entereza.

Junio

Cuando sonó la campanilla apenas levantó la vista para observar al cliente, ocupado en echar sus cuentas sobre el pequeño escritorio al extremo del mostrador. En una pausa de su trabajo se bajó los lentes hasta la punta de la nariz y tan sólo comprobó que el parroquiano le daba la espalda, envuelto en las sombras del rincón de la ropa. Era esa hora de la tarde —demasiado avanzada para las mujeres, demsiado temprana para la mayoría de los hombres que acudía a su negocio sin otro propósito que tomarse un botellín y consumir un rato antes de entrar en casa— que, sin apenas clientela, dedicaba a las cuentas. Las cuentas le ocupaban cada día más horas; en otros tiempos les había dedicado las últimas de la jornada, tras bajar el cierre, pero la creciente afición de muchos de sus amigos y conocidos a pasarse un rato por la tienda, antes de retirarse, le había ido empujando poco a poco a modificar su horario y dedicar a la contabilidad aquel intervalo vespertino un tanto estéril, cuando el mozo podía hacerse cargo del despacho de las mercancías sin más que recabar de él alguna que otra indicación acerca de su situación o su precio. Porque en su comercio, donde había de todo, no reinaba el orden.

Las cuentas le ocupaban cada día más tiempo; cada día le preocupaban más, aun cuando, paradójicamente, la marcha del negocio le preocupara menos cada día. Porque las cuentas le salían siempre mal aun cuando el comercio fuera cada día más próspero. Sabía que era así —cada día más próspero— pero no sabía por qué, pues las cuentas nunca casaban. Intuía que era así porque cada año tenía más dinero en el banco y poseía más fincas y vendía más y más diversos artículos, y aquellos que no lograba vender

—efectos de su instantánea debilidad ante la insistencia de representantes y viajantes poco escrupulosos, siempre seducidos por el último producto de la industria—, arrumbados al fondo de la tienda y sobre los que pesaba una tasa de depreciación tan elevada como el sobreprecio de su frustránea novedad, eran con mucho compensados por aquellos otros de continua y fácil salida, por lo general alimenticios y de higiene.

Nunca le había gustado echar las cuentas de noche, obediente al principio de que el trabajo concluía en el momento de bajar el cierre. A esa hora ya no le quedaba cabeza para las cuentas porque la noche —según él— se había hecho para descansar, y en cuanto a echar el cierre, más que nada era un decir: el último parroquiano era empujado a la calle en el momento en que su mujer anunciaba que la cena estaba lista, pero no antes. Por las mañanas no tenía tiempo; en verdad el negocio se basaba en las ventas de la mañana, femeninas en su mayoría, en comparación con las cuales las de la tarde sólo eran una minucia a la que por su gusto y por su economía bien podría haber renunciado para dedicarse plenamente a las cuentas. Al fin y al cabo, le habían dicho, así trabajaban en los bancos. Pero por encima de sus gustos, sus intereses y su intuición existía un código mercantil que le exigía mantener el comercio abierto por las tardes, aun cuando no vendiera una escoba, tan sólo para dar satisfacción a unas normas que estaba muy lejos de recusar a pesar de no llegar nunca a comprender su utilidad; pues estaba convencido de que en el supuesto que se le permitiera abrir la tienda tan sólo por las mañanas, el negocio no sólo seguiría siendo tan próspero, sino contablemente claro y firme y, por consiguiente, mucho más satisfactorio y tranquilizador. Pues en tanto las cuentas no estuvieran claras, por más próspero que fuera el negocio nunca dejaría de ser inquietante.

Más allá de su vista y del alcance de su razón se situaba un futuro donde se diera la doble condición —el negocio próspero y las cuentas claras—, pero bien para consolarse de la amargura que le producía la imposibilidad de ganar tal estado, bien porque tuviera el premonitorio atisbo de la continuidad de toda imperfección, no podía dejar de sospechar que si un día lograra alcanzarlo habría de surgir, inexorablemente, un nuevo vicio del sistema mercantil, por el momento oculto por el fallo de la contabilidad, acaso más temible y comprometedor que el derivado de la ignorancia y la torpeza con que se movía en el terreno de los números. Tiempo atrás se había matriculado en un curso de contabilidad por correspondencia, de treinta y dos entregas semanales, al cabo de las cuales y a cambio del puntual envío de los ejercicios prácticos (con franqueo concertado) le sería entregado un diploma sellado y firmado por el Director del Centro, reconocido oficialmente. Durante las cuatro primeras semanas las cosas fueron bien, no tuvo la menor dificultad en comprender las lecciones y desarrollar de manera correcta los ejercicios, y ya empezaba a vislumbrar (y en otro tímido plano de su conciencia a temer) la posibilidad de alcanzar para la siguiente primavera el dominio de la práctica contable cuando en la quinta lección tropezó con un escollo, no llegó nunca a comprender la necesidad del segundo asiento, y la sexta le sorprendió sin haber podido despejar los enigmas de la anterior. En las siguientes semanas las lecciones se acumularon con un efecto devastador (como la avalancha de deudas contraídas en unos días de insensatez), y cuando oscuramente comprendió que el dinero de la entidad social era opuesto al suyo propio, que los conceptos de activo y pasivo eran exactamente lo contrario a lo que él siempre había entendido por ellos, renunció definitivamente al curso e incluso a la indulgente promesa de reanudarlo en un indefinido futuro, cuando contara con más libertad y más ocio, y no ya como un deber, sino como un capricho de su inquieta razón.

    Por las mañanas era imposible dedicar un minuto a las cuentas, acosado por buena parte de las mujeres del pueblo y de la cuenca. Bastante tenía con marcar los precios, controlar las salidas y hacer la caja. Así que dedicaba su atención a las cuentas a la vuelta de la siesta, antes de abrir la tienda (a eso de las cinco de la tarde), cuyo cierre de manera deliberada prolongaba con frecuencia hasta olvidarse de descorrer el cerrojo y quitar el aviso, por lo que no era raro que el parroquiano inoportuno le sacara de su ensimismamiento golpeando en el cristal de la puerta con los nudillos. Por lo general se trataba de un inoportuno al que recibía con desgana, mascullando protestas para sus adentros, y hasta sentía cierta satisfacción si se veía en la imposibilidad de atender su demanda por la carencia del artículo solicitado. Era un tipo de parroquiano por el que no abrigaba la menor simpatía, que no le producía más que molestias y muy escasos beneficios, que con harta frecuencia venía buscando ese artículo fuera de lo normal que —si se hallaba en la tienda o en los inventarios— era preciso buscar en rincones atiborrados de otros igualmente arrumbados, marcados con los precios de otra época. Así que en ocasiones —bien para concederse a sí mismo una pequeña retribución, bien para complacerse con un gesto a la vez de señorío y de rebeldía hacia el código profesional— no vacilaba en negar su existencia, aun a sabiendas del riesgo en que incurría si se llegaba a saber —tanto por la clientela cuanto por el suministrador— la poca importancia que a veces concedía al acto más esencial y simple de su profesión. Por eso solamente se lo permitía en contadas ocasiones y cuando su conocimiento del cliente le llevaba a pensar que se trataba de alguien especial, difícil de conformar con un sucedáneo y pródigo con su tiempo y con el de los demás con tal de satisfacer su capricho. Por unos lazos no consecuentes ni demasiado lógicos a tal parroquiano lo vinculaba con los defectuosos resultados de sus cuentas, con los sacrificios impuestos por la moral del comercio, con las dificultades de un negocio que no se limitaba —como creía la gente— a comprar y vender. Hacía mucho tiempo que había llegado a la conclusión de que si el negocio prosperaba era gracias a que la mayoría de la parroquia entraba allí a comprar cualquier cosa, fuera la que fuera, y si no encontraba el primer artículo deseado enseguida derivaba hacia otro, bien porque sustituyera al primero, bien por satisfacer la necesidad de comprar. Lo cual era más cierto tratándose de mujeres, y más aún cuando entraban en busca de ropa y artículos de limpieza. Por eso, habiendo heredado de su padre un comercio vario de droguería y ferretería, con los años había derivado hacia la alimentación, la higiene y la ropa, para ofrecer a las mujeres opciones rápidas y abreviar en lo posible el trámite de la segunda elección.

Pero el parroquiano que entraba a media tarde, cuando más ocupado estaba con las cuentas, sabía muy bien lo que quería, un artículo muy preciso y propio de una droguería o una ferretería, desplazadas por la invasión de otros productos llamados de mercado. Otra cosa eran los amigos y conocidos que acudían a la caída de la tarde, incluso después de la anunciada hora de cierre, nunca para comprar, sino para charlar un rato, para guarecerse del frío, para preguntar un precio, para liquidar el tedio de una hora vacía con un botellín o un vaso de castillaza. Pero tampoco introducían alteraciones en el negocio (incluso alguno le había ayudado a resolver algún pequeño enigma aritmético) porque eso quedaba reservado al parroquiano de media tarde, el culpable de que las cuentas nunca resultaran exactas. Tenía además la virtud de llamar o entrar cuando estaba a punto de encararse con lo más arduo del problema, en el momento en que habiendo entrevisto el método para resolverlo se disponía a movilizar y concentrar lo mejor de sus facultades, que el inoportuno visitante disolvía con un simple golpe de sus nudillos, obligándole a suspender un razonamiento que por el resto de la tarde ya no sería capaz de llevar a buen fin. Por eso le recibía siempre de mala gana y peor talante, porque —aparte de que comprara o no— le convertía en un hombre —con independencia de ser dueño y regente de un negocio próspero, al que había dedicado su vida y le había convertido en uno de los hombres más ricos del pueblo— incapaz de alcanzar la meta que a diario se proponía: tener las cuentas claras. A menudo había pensado que el día en que —de puro milagro— llegara a tener las cuentas claras bien podría llevarse una sorpresa, tal como la demostración numérica de que el negocio no era tan próspero como suponía, y quién sabe si un serio disgusto. Es comprensible, por tanto, que llegara a establecer una inconfesable relación entre prosperidad e ignorancia contable, sin llegar nunca a formularla con claridad ni menos aún a acariciarla como un hallazgo de su espíritu; más bien la mantenía en reserva y un tanto escondida en la penumbra de su razón, como un bien de dudosa legitimidad, lo que, por otra parte, le permitía recibir al parroquiano de las cinco de la tarde con el talante adusto y la menos propicia de las disposiciones, pues de otra forma no habría tenido el menor inconveniente en reconocer en él al enviado de un destino benevolente, que mirando por su bienestar día tras día le obstruía el acceso a un conocimiento peligroso. Si eso era así, si existía en verdad aquella enigmática relación, era preferible vivir en las nubes; o mejor que en las nubes, con la cabeza por encima de ellas, incapaz de ver dónde descansaban sus pies; en concordancia con ello, qué más le daba —le susurraba una voz para acallar las protestas de una voluntad primera, ávida de dominar la contabilidad— no saber dónde descansaban sus pies con tal de sentirlos bien firmes sobre el suelo. Y esa firmeza, ¿era cuestión de tacto o de vista? ¿Qué era preferible, una sensación de equilibrio o un conocimiento de los factores del mismo? No era tan ciego como para no comprender que tal manera de pensar, insuficiente e incompleta, sólo respondía a su necesidad de acomodación a su actual estado de cosas, pero que en modo alguno desmentía la posibilidad de existencia de otro más perfecto, el que aunara el tacto con la vista, una sensación corporal complementada con un estado de números claramente establecido. Pues el posible mentís a la prosperidad de su negocio que pudiera provocar una irreprochable contabilidad era tan sólo una hipótesis, sin duda la peor de las hipótesis, tan probable como la contraria, cuyo atractivo era tan poderoso como para no desmayar en sus profanos intentos —olvidado ya el curso por correspondencia— para aclarar sus cuentas, a los que dedicaba las pocas horas que el negocio le dejaba libre y que el parroquiano de las cinco de la tarde echaría a perder.

Paradójicamente, la posibilidad de que las cuentas demostraran que su negocio era más próspero que lo que él suponía le traía sin cuidado y apenas le espoleaba a la hora de hacer números. No es que fuera indiferente a la prosperidad; muy al contrario, constituía el primer capítulo de sus preocupaciones. Un manifiesto desahogo económico era lo que le facultaba para desarrollar un trabajo suplementario (superior o diferente o más espiritual), en cierto modo disociado del estrictamente necesario para mantener el rendimiento del negocio. Era —por así decirlo— la licencia para cazar en cotos privados, a los que sólo tenían acceso unos pocos privilegiados, y a sí mismo se veía en el doloroso trance de tener que abandonar sus prácticas más absorbentes, para hundirse de pies a cabeza en la enconada lucha por la subsistencia, si tal licencia le era un día retirada por los altos y caprichosos poderes que gobiernan la fortuna. Le bastaba con lo que tenía; ni el paulatino pero progresivo incremento de sus depósitos en el banco ni las fincas que había adquirido —algunas de las cuales le habían ofrecido la posibilidad de sumar una acción humanitaria a un negocio de cajón—, a las que, empero, no daría más valor que el satisfecho por él, cambiarían en esencia su actual estado de cosas ni su manera de ser y vivir. No por ser más próspero iba tampoco a renunciar a la legítima pretensión de llegar un día a tener todas sus cuentas claras. Por eso aquella segunda posibilidad no constituía un estímulo más apremiante que el natural y espontáneo apetito de claridad contable, engendrado en un alma tan satisfecha de su eficacia comercial como descontenta de una razón que no sabía demostrar la misma virtud.

Cuando comprendió que una vez más tenía que abandonar el empeño porque el campanillazo había desbaratado su atención, abandonó su puesto en el escritorio y se llegó hasta el otro extremo del mostrador a fin de atender —de mala gana— al parroquiano cuya silenciosa e inobstrusiva presencia, en el rincón de la ropa, le resultaba más oprimente que si hubiera entrado dando voces.

Junio

—Sé muy bien a dónde quiero ir a parar.
Mercedes la observó con expresión de desconcierto; durante una larga pausa se abstuvo de contestar, en espera de que su amiga insistiera en su argumento, pero ésta se limitó a repetir:
—Insisto en que sé muy bien a dónde quiero ir a parar.
—No creo que sea difícil adivinarlo —contestó Mercedes—. Y si has tomado esa decisión no será para volver al cabo de unos días o unos meses, con el rabo entre las piernas.
A su amiga no le pareció propia la expresión —por entender que en tales circunstancias había en ella algo soez que ni podía ni se atrevía a definir, aunque deseara hacerlo— y así se lo dijo. Mercedes no pasó por alto el reparo, mientras colocaba las cajas y las pieles en el fondo de la furgoneta, un tanto indiferente a la pasividad de su amiga, que no hizo el menor gesto por ayudarla.
—El día menos pensado —le dijo, en el momento de cerrar la portezuela trasera— cambiarás de manera de pensar acerca de muchas cosas que sólo conoces de oídas. El día en que las conozcas por ti misma las juzgarás de otra manera y dejarás de hablar como te enseñaron en el colegio.
Fue entonces su amiga quien introdujo la pausa, tanto en busca de una réplica adecuada cuanto para hacer el paripé de tomar en consideración las palabras de Mercedes, a las que no quería dar importanca, fatigada del tono didáctico de las personas que presumen de una larga experiencia y de que se le atribuyera siempre el papel de persona inexperta, a la que todo el mundo pudiera aleccionar.

—Supongo que sé a qué te refieres. Siempre te refieres a lo mismo. Como si yo no supiera nada de eso. Me parece que sé tanto como tú, o al menos tanto como lo que tú te atreves a confesar que sabes.

—Te equivocas —contestó Mercedes cuando se acomodaron en sus asientos y puso el motor en marcha. Pero antes de arrancar continuó: No me refería a nada en particular, y sobre todo no a lo que tú estás pensando. En primer lugar porque me parece de mal gusto tratar de dar una lección sobre algo que no voy a confesar cómo he llegado a saber.

—Perdona un momento —interrumpió su amiga en un tono más vivaz y apresurado. Mercedes conducía con presteza y seguridad, a pesar del mal estado del camino que conocía a la perfección, y la cercanía del pueblo obligaba a su amiga a acelerar el ritmo de las frases a fin de llegar cuanto antes, y por diferentes circunloquios, al nudo de la conversación, en el que no se atrevía a entrar, y antes de interrumpirla para dedicarse, cada cual por su lado, a sus compras del día. Era una conversación que deseaba mantener desde mucho tiempo atrás, desde que concibiera sus primeras sospechas acerca de Mercedes, y que sólo podría sostener a solas, a poder ser en la furgoneta donde con la atención puesta en otra parte podría sufrir un desliz que le permitiera descubrir algo del secreto que andaba buscando: Sé muy bien adónde quiero ir a parar y lo único que te pido es que no te cruces en mi camino. Que no intentes disuadirme y que no hagas cualquier cosa que se te ocurra con el propósito de detenerme.

De nuevo Mercedes quedó un tanto perpleja y carente de réplica, contraviniendo así de manera involuntaria los deseos de su amiga. Era una amiga un tanto desconcertante que combinaba a partes iguales el descaro y la pudibundez; que podía adentrarse en las confidencias más íntimas para de repente retraerse en obediencia al código más estricto y severo; que manteniendo una amistad un tanto distante e intermitente se permitía suponer —y con frecuencia se comportaba de acuerdo con tal supuesto— que entre ellas no podía haber secretos; que, en fin —y ésa era la nota más difícilmente soportable de su carácter—, actuaba como si todo el mundo y en todo momento estuviera en deuda con ella y lo primero que salía de su boca era siempre un reproche.

—Descuida —dijo Mercedes tras unas vacilaciones—, jamás me ha pasado por la cabeza la idea de cruzarme en tu camino. Y además, no veo la ocasión en que pudiera hacerlo.

—Tonterías —dijo su amiga con tono autoritario—. Sabes perfectamente a lo que me refiero.

En el extremo de la recta asomó el empalme del camino con la carretera y posó la mano sobre el brazo de Mercedes, con un indefinido propósito, ora de frenar la marcha de la furgoneta, ora de solicitar una mejor comprensión a sus palabras. Mercedes detuvo la furgoneta en empalme y caló el motor. Tras arrancar de nuevo y girar hacia la izquierda, su amiga prosiguió en tono más persuasivo:

—Estoy segura de que piensas que voy a cometer un disparate. Pero no me intimida. Estoy segura también de que, ya que eres mi única amiga —y ahí se permitió un subrayado—, querrás ayudarme de la mejor forma posible. Pero de lo que no estoy tan segura, y perdona que te lo diga así, porque para algo somos amigas, es de que vayas a ayudarme de la manera que yo quiero que me ayudes.

Mercedes no tuvo más remedio que moderar su impaciencia, reprimir su curiosidad y su deseo de aclarar la conversación y llevarla al asunto concreto que su amiga todavía no había abordado, y aprovechó su turno de réplica para contestar asimismo de la manera más elusiva:

—Yo estaré siempre de tu lado y tú lo sabes demasiado bien.

—Ésa es la cuestión —respondió su amiga, algo impacientada a la vista de las primeras casas del arrabal del pueblo—. Ésa es justamente la cuestión. No dudo de que llegado el caso te comportarás de acuerdo con mis intereses, pues otra cosa sería para dudar de tu honradez y de tu amistad. Pero no sé si coincidimos acerca de mis intereses. En otras palabras, que es posible que tú honradamente creas que mis intereses van en dirección contraria a la que me propongo tomar. Pues no en balde piensas que estoy a punto de cometer un disparate.

—Difícilmente —repuso Mercedes con un suspiro de descanso, al tiempo que enfilaba la calle mayor del pueblo en dirección al mercado— puedo saber si coincidimos acerca de tus intereses si todavía no has tenido la amabilidad de explicarme siquiera el disparate que piensas cometer.

—Perdona —interrumpió su amiga al tiempo que tomaba la iniciativa de la conversación con renovada energía en el momento en que Mercedes giraba hacia su derecha para dirigirse al mercado—, pero no tienes el menor derecho a pedirme explicaciones. Y si he decidido obedecer a mis deseos, incluso a conciencia de estar echando piedras sobre mi propio tejado, es porque nadie se puede oponer a mi voluntad, ni siquiera por la vía de la persuasión, tratando de demostrarme de la mejor manera posible —continuó en el momento en que Mercedes apagaba el motor y tascaba el freno de mano, un poco pasada la puerta principal del mercado— que estoy atentando contra mis intereses. Por eso tenemos que dejar bien clara esta situación; para que cada cual sepa a lo que tiene que atenerse.

—No sé de qué situación me estás hablando —dijo secamente su amiga cuando se dirigían al mercado con sendas bolsas de hule, una negra y otra a cuadros—. Mal la puedo saber si no me la explicas de una vez.

—Sabes muy bien a lo que me refiero —contestó su amiga, para añadir, con uno de esos cortes y cambios de conversación que las mujeres introducen con frecuencia, sobre todo cuando van al mercado—. Yo voy al puesto de verduras.

—Yo primero voy por la carne —dijo Mercedes. Había encargado un redondo de ternera y un par de capones, y cuando observaba cómo el carnicero extraía de la cámara la primera pieza y la colocaba sobre la balanza, su amiga se acercó por detrás y le dijo:

—Tú has tenido que ver con Ramón.

Mercedes apenas giró la cabeza para comprobar la presencia de su amiga a su lado. Se hallaba tan atenta al resultado indicado por la aguja de la balanza que no supo si la frase de su amiga había sido dicha con tono de interrogación.

—¿Cómo dices? —preguntó a su vez, pero la otra

ya se había alejado en dirección al puesto de verduras—. Me lo preparas como siempre —ordenó al carnicero, a sabiendas de que se trataba de una operación laboriosa, con manifiesto desdén, tal como lo exige el código de las mujeres en el mercado, hacia las dos personas que esperaban su turno a sus espaldas. El carnicero extrajo una bobina de un cajón debajo del mostrador, cortó cosa de dos metros de cuerda y ciñó la pieza de redondo con una serie de ligaduras transversales, enlazadas por otra longitudinal. Antes de que concluyera la operación, se acercó de nuevo su amiga por detrás, con la bolsa terciada de diversos productos, y susurró al oído de Mercedes:

—Lo he sabido todo.

Cuando Mercedes quiso responder la otra ya se había alejado y esperaba su turno en un cercano puesto de productos de la huerta. Mercedes la observó con cierta perplejidad, con algo de miedo también.

—¿Qué más desea? —preguntó el carnicero, alargándole el paquete con el redondo.

—Un par de capones —dijo Mercedes distraídamente, con la vista puesta en su amiga, que en ese momento seleccionaba los tomates de una caja y uno a uno los colocaba en el platillo de la balanza del puesto de productos de la huerta.

—Me los limpias como siempre.

En tanto observaba cómo el carnicero cortaba la cabeza y las patas de los capones, los abría, desentrañaba y limpiaba, su amiga —con la bolsa un poco más llena, sujeta con ambas manos— se situó a su derecha y mirando fijamente a la persona que estaba detrás en la cola para que, abrumada por el peso de su mirada, se viera obligada a volver la vista hacia otro lado, le dijo pausadamente y recalcando las palabras:

—Y ahora que no sabes qué hacer con él pretendes que se venga conmigo. Te crees que no me he dado cuenta.

—Tú estás loca —replicó Mercedes, sin perder la calma, al tiempo que abría el monedero y extraía de él un pequeño fajo de billetes enrollados, una forma de dinero que sólo se encuentra en los bolsos femeninos.

—Sabes perfectamente lo que quiero decir —dijo

su amiga sin dejar de mirar con fijeza a la mujer que esperaba detrás de Mercedes.

—Qué cosas dices —dijo Mercedes al tiempo que con un gesto mudo de la barbilla preguntaba al carnicero el importe de su compra. Luego añadió: No comprendo cómo se puede tener en la cabeza tantas ideas equivocadas.

—Todo gira alrededor de lo mismo.

—¿Alrededor de qué? —preguntó Mercedes al tiempo que introducía las vueltas en su monedero, cuidando de enrollar los billetes en un pequeño fajo.

La mujer de atrás se disponía a ocupar la posición de Mercedes ante el mostrador cuando su amiga la detuvo con una altiva mirada y se interpuso en su camino, momento que aprovechó Mercedes para escabullirse.

—Perdone, señora, pero yo estaba primera.

La mujer inició una protesta y levantó la voz, pero ella le volvió la espalda y se dirigió al carnicero con ademán autoritario, sin la menor intención de entrar a discutir su prioridad:

—Ponme un kilo de filetes de lomo de primera y haz el favor de decir a esa señora que se calle, que no moleste.

La mujer arreció el tono de sus protestas y en busca de apoyo a su demanda se dirigió a las otras personas que aguardaban a su espalda, una de las cuales la secundó con mayor moderación, aludiendo a los abusos de ciertas gentes que a sí mismas se tienen por educadas. Cuando comprobó que el carnicero, desentendido de la discusión, tomó la pieza de lomo y sobre un papel encerado fue colocando con parsimonia y esmero los filetes recién cortados, abandonó por un momento su puesto en el mostrador para llegarse hasta el otro extremo, donde una chica despachaba a Mercedes un surtido de tocino y embutidos. Con el ojo puesto en la operación del carnicero se arrimó a Mercedes y le susurró al oído:

—Ese hombre es sólo para mí.

Mercedes se volvió:

—¿En qué quedamos?

—No te saldrás con la tuya.

Mercedes apenas le devolvió una mirada sesgada y de nuevo sacó el monedero para extraer el pequeño fajo de billetes enrollados. Su amiga volvió al puesto en la otra cola, cuando el carnicero depositaba el kilo de filetes sobre el platillo de la balanza. En buena medida para mortificar a las mujeres de la cola, le preguntó si tenía chuletas de lechal, y cuando el carnicero le contestó que tenía un cordero extraordinario y tras extraerla de la cámara le mostró la pieza, le encargó medio kilo del costillar —«a poder ser todas de palo, bien cortadas y limpias»— para darle más trabajo y tener tiempo para acercarse a un puesto de ultramarinos donde Mercedes aguardaba la vez, para susurrarle al oído:

—Ya sé que has tenido que ver con él, por mucho que lo niegues. Ha hecho lo que ha querido contigo —Mercedes volvió la mirada hacia otra parte— y ahora lamentas que te haya abandonado. No puedes soportar que se vaya con otra. Y ahora pretendes que se venga conmigo para tenerlo cerca. Te crees que no me he dado cuenta. Te tiene seducida, no lo niegues. Y no sabes qué hacer para recuperarlo. Pues te lo voy a decir. Tienes que conseguir que se case conmigo, ¿entiendes? Que se case conmigo.

Se acercó al mostrador, tomó el paquete que le extendía el carnicero y abriendo a su vez su monedero, sin dignarse conceder una mirada a las mujeres que esperaban en la cola, le preguntó:

—¿Cuánto te debo, Ramón?

Octubre

La señora alzó la cabeza y abatió y cruzó los brazos, las manos sobre los codos. Su sobrina lanzó un profundo suspiro y de nuevo estiró su falda para alcanzar con su borde la mitad de sus pantorrillas, bastante gruesas. La sobrina tenía la frente abombada y vestía con telas de lana y estameña bastante oscuras; con frecuencia componía una actitud de recogimiento y se echaba el pelo hacia atrás, un cabello de color indefinido, tan indefinido como el resto de sus formas.

—Tú eres todavía una chiquilla. Todavía te falta aprender mucho para ser una mujer.

—No me falta experiencia —replicó con firmeza la sobrina, aunque para hacerlo se vio obligada a humillar la frente y hundir la barbilla en el cuello.

—Para llevar la vida que has llevado hasta ahora —dijo la señora— te sobra experiencia. Pero me refiero a otra clase de vida para la que todavía tienes mucho que aprender.

—¿Te refieres a los hombres, tía? —preguntó la sobrina, alzando y girando la cabeza.

—No me refiero sólo a los hombres. Nunca me refiero a los hombres. Y no me refiero a los hombres porque no sé mucho de ellos, contra lo que puedas creer. Sólo he aprendido de ellos lo que me interesaba que me enseñaran y toda mi vida he demostrado un considerable desdén a lo que ellos han querido enseñarme, haciendo caso omiso de mis deseos y mis inclinaciones. Yo sé de pocas cosas, pero me gusta creer que las que sé, las sé muy bien. Eso es lo mío, poco pero bueno. Por eso nunca me atreveré a decir que conozco a los hombres, pero, en cambio, me permito afirmar que conozco todos los rincones del alma de Ramón, por poner un caso, hasta los más ocultos.

—No creo que se necesite mucha ciencia tía, —dijo la sobrina—, para conocer los rincones más ocultos del alma de Ramón.

—¿Qué sabes tú del alma de Ramón?

—Lo que sé es que los hombres sólo dan disgustos —dijo la sobrina, tan sólo para recuperar la postura anterior, que encontraba más cómoda.

—Sólo no —dijo la señora.

—¿Te refieres al placer, tía? —preguntó la sobrina, alzando y girando la cabeza.

—En parte sí, en parte me refiero al placer.

—No soy extraña a él —dijo la sobrina.

La señora lanzó un profundo suspiro y bajando el tono habitual de su voz, como si aquella reflexión constituyera tan sólo una nota en letra pequeña al pie de su discurso, dijo:

—Hay placeres muy diversos que no guardan el menor parentesco entre sí. Hay placeres muy dolorosos, tan dolorosos que llegan a romper la estructura regular del alma hasta llevarla a la locura.

—He conocido diversas clases de placer —dijo la sobrina— que en ocasiones, sí, me han llevado al borde de la locura. O del desenfreno.

La señora con un gesto apenas perceptible arqueó las cejas. Luego encendió la luz del flexo y con una sumaria mirada recorrió el estado de su escritorio, pero tras comprobar que todo se hallaba en orden y nada requería su intervención, la apagó de nuevo en busca de una penumbra más conveniente para sus reflexiones y membranzas. La señora entornó los párpados y en una posición un tanto forzada, echando la nuca hacia atrás, apoyó la barbilla en su puño derecho vuelto hacia el cuello.

«Nunca he querido averiguar ni indagar la personalidad del mensajero ni la relación que guarda con "él", dijo. «Sin duda debe haber alguna, aun la más circunstancial, pues de no ser así no acierto a comprender cómo puede venir aquí a librar un mensaje que tan poco le concierne y a sabiendas de que no goza de muchas posibilidades para hacerlo llegar, si es que le han explicado sin omitir detalle alguno las dificultades con que tropieza su misión y, mucho más grave aún, las razones de la misma y el origen del conflicto. Es posible que se trate de un intermediario más, un hombre al que le ha sido encomendado este encargo por persona interpuesta y que, por consiguiente, puede no haber estado en "su" presencia ni saber nada de su vida ni de su pasado. Si así fuera no por eso había de cambiar un ápice mi respuesta, pues cualesquiera que sean los conocimientos que tenga sobre mí he de hacerle saber que su persona no influye para nada en aquélla. Por otro lado, si parto del supuesto que entre él y el mensajero hay una o varias personas interpuestas que una a una se han transmitido el mensaje —lo bastante simple como para conservar su entidad a lo largo de una carrera llena de vicisitudes— he de hacer todo lo que está en mi mano para que la firmeza de mi actitud se sobreponga a todas las posibles infidelidades que pueda sufrir el relato del encuentro final en cada una de sus transmisiones de vuelta. El mensaje es simple, sí, pero no así mi respuesta, que envuelta en el silencio puede quedar abierta a toda clase de interpretaciones. Es una razón más para mi obstinación, incluso para exagerar mi intransigencia, pues si estuviera persuadida de que la persona que va a entrar aquí para tener —digámoslo así— tratos conmigo, tuviera asimismo tratos con él y se constituyera en ese único vínculo que aún nos une siquiera en el campo del espíritu o del pensamiento y que representa al mismo tiempo la distancia que nos separa y el futuro que nos aproxima, tal vez —no digo que no— me dejaría arrastrar a ciertas controversias y explicaciones íntimas, animadas de un deseo de persuasión que con frecuencia embarga mi alma y me lleva a pensar en resoluciones muy diferentes a las que habitualmente tomo, y que me tengo absolutamente prohibidas. Me he permitido decir "el futuro que nos aproxima" como si estuviera segura de que el conflicto que se abrió un día entre nosotros, separados primero por una cerca, luego por un puente, uno en cada orilla del río, tarde o temprano se resolverá con un reencuentro si no feliz al menos pacífico. Y no estoy segura de ello, no puedo estarlo, por lo mismo que nadie me puede garantizar que mi sacrificio ha servido al menos para extirpar la bárbara costumbre que se cebó en mí. Pues de estarlo también lo habría estado todo este tiempo atrás y cabría deducir que toda la espera ha sido poco más que un antojo de mi caprichosa e inconforme naturaleza.»

—No, ciertamente no soy extraña al placer —interrumpió la sobrina, estirando su falda y dejando descansar sus palmas sobre sus rodillas.

—Se trata de un hombre de unos cuarenta años —continuó la señora, sin prestar demasiada atención a su sobrina— que no goza de ninguna particularidad, una persona de escaso relieve. Un hombre cualquiera, que en nada llama la atención, de unos cuarenta años. Supongo que su elección no es caprichosa y debe estar dominada por una serie de condiciones que desconozco y sólo en parte me atrevo a conjeturar. No debe llamar mucho la atención a fin de que su camino hasta aquí —un camino largo, de varias jornadas de viaje, con numerosas estaciones y trasbordos— esté en la medida de lo posible exento de dificultades, obstáculos e interrupciones. Pues si bien ese viaje se hace tan sólo una vez cada cierto número de años y, por tanto, se puede inferir que quien lo ordena no está ciertamente dominado por la premura, una vez iniciado inoculará en el espíritu del remitente esa ansiedad que provoca la espera de toda respuesta. Y tanto mayor será esa ansiedad, créeme, cuanto mayor haya sido el plazo concedido a la redacción de la pregunta y más cuidadosamente elegido el momento de hacerla. Así que le veo —entiéndeme, es una forma de hablar, pues ni le veo ni abrigo el menor deseo de proyectar su imagen sobre la pantalla de mis párpados, ya que, por carecer de datos visuales recientes, por cuanto no lograría conformar su imagen no haría sino inquietar los resortes encargados de producir ese fenómeno y quién sabe si alterar el régimen de abstinencia que me tengo impuesto acerca de toda impresión corporal de su persona sobre la mía— contando impaciente las horas y los días desde el momento en que despacha al mensajero hasta ese otro en que vuelve con la misma, prevista, inalterable y doblemente decepcionante respuesta. En segundo lugar debe ser una persona de unos cuarenta años, lo que al principio, cuando yo era mucho más joven, no dejaba de tener su importancia para conseguir la impresión que debía ejercer sobre mí —una pobre chiquilla provinciana, extraída de un medio humilde, destinada a ocupar uno de los primeros puestos de la nobleza local y procrear una raza de señores, a punto de quedar desquiciada para siempre por una costumbre inhumana, una criatura con escasa experiencia y poco menos que desamparada—, visitada por un caballero de bastante buen porte y una cierta edad, que se había tomado todas las molestias de un largo viaje tan sólo para hacerle llegar un mensaje que no debía tomar a la ligera. ¡A la ligera! Ése era el quid de la cuestión: que no lo tomara a la ligera. ¡Como si tras aquellas bárbaras nupcias pudiera yo tomar algo a la ligera! Pues todo su porte, su manera de anunciarse y las fórmulas que adoptaría para hacerme entrega de su mensaje debían estar —me parece a mí— cuidadosamente previstas y estudiadas para que yo lo tomara en la más alta consideración. Sin duda lo que no estaba calculado es que yo no lo tomara, ni con consideración ni sin ella; que me negara a ser la recipendaria y que ni siquiera manifestara la voluntad de no ser la recipendaria; una forma de respuesta que no constituía una negativa a su demanda, sino más bien una invitación a la reforma de su conducta, cursada desde el alto tribunal del silencio.

—El placer me atenaza —interrumpió la sobrina.

—A medida que pasaron los años —continuó la señora— seguía siendo un caballero de unos cuarenta años, siempre diferente, no distinguido pero sí circunspecto, perfectamente consciente de la importancia de su misión y atento a todos los detalles que rodean a su embajada y, como es previsible, a todas y cada una de mis reacciones. Ya te dije que por cuanto considero que el más sutil movimiento de la boca o el temblor de un párpado puede ser mucho más elocuente que ese brutal monosílabo que resume la controversia y despeja la situación (y que no es más que eso, el resumen, el balance verbal de un complicado estado de cuentas tanto más complejo cuanto que sus momentos intermedios no están dominados por el resultado final, que puede ser uno u otro según la importancia de uno u otro asiento), durante un largo período de mi vida me tuve vedada la expresión de esas reacciones y en tal trance opté por dar libertad a mis gestos siempre y cuando todo mi cuerpo quedara enclaustrado en la soledad y el silencio. Es una fórmula sabia, no creas, de antiguo conocida por la humanidad; con la más rígida ley del cuerpo se fomenta la mayor sensualidad del alma.

—Y que lo digas —interrumpió la sobrina—. Cuerpo y alma deben divorciarse para vivir cada cual su vida.

—Por eso no me avine nunca a recibir al mensajero que, insisto, tenía que tener siempre cuarenta años, modesto y continente. En un principio pensé que envejeceríamos juntos; quiero decir, esperaba que el mensajero iría entrando en edad si no al mismo paso que yo al menos a un ritmo tal que siempre representara aquella edad que desde la mía fuera considerada como la más digna de crédito para llevar a cabo un cometido de esa índole, pero cambié de opinión el día en que me fue anunciada la llegada de un caballero más o menos de mi misma edad que, con todo, parecía el más idóneo para traerme el mensaje. Y entonces fue cuando comprendí que todo estaba previsto para que no prevaleciera la edad sobre el mensaje; pues tanto él como yo podíamos envejecer, pero el recado no, porque sobre el recado no debían pasar los años ni tenía que estar sujeto a cualquier otra mudanza, transmitido por un hombre de unos cuarenta años encargado de obrar el milagro de su intemporalización, como si se tratara de la verdad revelada, de la inmarchitable lozanía de una promesa que no conocería la descomposición. Un hombre tan adoctrinado sobre la necesidad de preservar el mensaje que tanto el remitente como el recipendario pasaban a sus ojos a ocupar un papel de segunda importancia. Meros comparsas, los fantasmales soportes —inicial y final— de un vínculo que prevalece, de un objeto que ha perdido su objeto, como ese trozo de cadena —una pieza de museo— que ya no enlaza nada, que ni siquiera manifiesta los dos cuerpos que un día mantuvo aferrados...

—No soy insensible a los halagos de los hombres —interrumpió la sobrina, sin estirarse la falda, tan sólo alargando un poco el cuello y girando la cabeza en dirección a su tía. Incluso tuvo un atisbo de curiosidad hacia sus rodillas, que muy juntas asomaban tímidamente bajo el borde de la falda a causa de la retracción de la misma por sus varios movimientos.

—... y que habían de desaparecer sin dejar otro testimonio de sus respectivos destinos, por un momento convertidos en uno. Sí, por ese mensaje no deben pasar los años aun cuando hayan pasado, y a qué vertiginosa marcha allá en la mitad de mi vida, para aquel que lo ha emitido y para esta que se niega a recibirlo. A todo esto nada te he dicho todavía del hombre que lo envía. Te diré tan sólo que todavía no ha llegado el momento de hablar de él y por eso he preferido detenerme un poco en quien se limita a transmitir su mensaje, por orden expresa suya, sea directa o indirecta; de eso ahora no me cabe ninguna duda. Era un hombre piadoso, sinceramente piadoso, horrorizado del papel que la tradición le obligó a jugar, que sin duda sólo conocía de oídas y al que no concedió mucha importancia hasta el momento de la prueba. Y si entonces comprendió que lo había perdido todo también supo ver que sólo mediante la piedad podría llevar a cabo el largo y hasta ahora infructuoso proceso de recuperación. Pues te diré también que durante años desconfié de él y tal vez llegué a aborrecerle; que llegué a pensar (hace ya bastante de eso) que no había nadie detrás de ese mensaje; que no lo enviaba él por la sencilla razón de que no podía enviarlo —ni eso ni nada— y que se trataba tan sólo de una pesada broma concebida por cualquiera de las muchas personas que en esta tierra nuestra son incapaces de soportar la fortaleza que ha demostrado una mujer que no ha contado con otra ayuda que la de su mano para vencer todas las dificultades en que se ha colocado a lo largo de una vida bastante agitada. Repara en que no vacilo en señalarme como la primera responsable, tal vez la única, de esas dificultades de cuya existencia no puedo culpar a nadie. Nunca he sido amiga de cargar sobre otros las posibles culpas y responsabilidades de una situación cuyo centro ocupaba yo porque eso hubiera sido poco menos que confesar mi impotencia para salir de ella, y si al fin logré superarla fue sin duda gracias a la energía suministrada por la convicción de que sólo a mí misma podía exigir cuentas por el estado de mi persona. Pero no parece sino que en esta tierra nuestra —y te lo digo porque eres una chiquilla, ignorante del mundo que te rodea e indefensa respecto a todos sus peligros, pese a que tú creas lo contrario— en cuanto una mujer demuestra que puede valerse por sí misma de cualquier rincón surgirá el hombre que cree merecerla, que se siente obligado a hacerla suya porque dejarla libre es poco menos que una afrenta a su viril orgullo. Sin duda que te habrán calentado mucho la cabeza con los peligros que corre una muchacha como tú y con los principios según los cuales ha de regirse para resistir al acoso de los llamados cazadores de dotes, pero no te puedes hacer cargo de la clase de acoso que sufrirá toda mujer, por limitados que sean sus atractivos...

—No es ése mi caso —interrumpió la sobrina.

—... cuando ha empeñado su juventud en demostrar que hará cuanto esté de su mano por preservar su independencia; una independencia —sábelo de una vez para siempre— que puede y sabe pasar por alto el daño que infringe a quienes no acierten a soportarla. Han sido muchos, por eso te lo digo, pero de ese daño hablaremos en otra ocasión. Y los más afectados, aquellos que con la primera mirada que posaron sobre mí se persuadieron de que podían hacerme suya. Una mirada, te lo advierto, que nunca debe ser correspondida, un gesto que jamás será recíprocado. Te decía que durante años pensé que bien podía tratarse de una broma, una broma tanto más pesada cuanto más serio y deferente fuera el encargado de ejecutarla. Sin embargo, yo estaba en mi derecho al sospechar que detrás de aquel hombre de aspecto y continente irreprochables, cuyas limpias y limitadas intenciones bien a la vista estaban en cada ocasión, podía esconderse cualquier granuja sin escrúpulos al que nada le habría sido tan fácil como engatusar para tal encomienda a un hombre honrado. Por un precio ridículo, incluso a un precio nulo, tan sólo como un favor que ese hombre honrado no tendría ningún inconveniente en cumplimentar, incapaz de ver detrás de la demanda la torva y sórdida intención de un bromista de provincias. Porque el recado sí que era honrado, sí que era —y es— serio, el más serio que persona alguna pueda recibir. Y sería serio y honrado aún si no contara con la componente de mi indulgencia a la terrible falta que está en su origen, la falta más grave que se puede infringir a una mujer y para cuya estimación el hombre carece de aparato de medida; no a su orgullo ni a su honra ni a su virtud ni a su inocencia ni a su amor ni a cualquiera de esas zarandajas, sino a su destino, ese involuntario olvido de la futilidad del nacimiento, esa suspensión de la razón de ser, ese precoz presentimiento del pleno uso del tiempo que la mujer segrega de todas y cada una de sus células, sin necesidad de pasarlo por la cabeza, sin necesidad siquiera de que un hombre pensante y desmemoriado le diga: «Vas a ser eso». Por eso comprenderás que el recado no puede cambiar y que la broma, para alcanzar sus objetivos, nunca podrá alterar su naturaleza y tendrá que conformarse con cambiar el origen de su expedición y el vehículo con que hacerla llegar a su destino. Así pues, un hombre honrado ¿por qué no había de tomarlo a su cargo si se le suministraba una explicación satisfactoria, si se le hacía comprender que con ello haría un gran servicio a un necesitado? Y llegué a pensar incluso que para arbitrar esa transición entre la desvergüenza y la honradez, aplicadas a un único y mismo caso, se necesitaría más de un hombre, toda una serie de intermediarios de creciente honestidad incapaces de valorar en su recta proporción el incremento de falsedad que cada cual por separado había de introducir en su papel para pasar por pequeños cambios de un estado al otro. A veces —y siguiendo esa idea— llegué a pensar también que el mensajero que acudía a esta casa era el único hombre honrado de esta tierra, el único que merecía mi crédito, y quizá algo más que mi reconocimiento; el inocente designado por una pandilla de granujas para llevar a cabo una misión que ningún otro se atreve a realizar y de cuyos resultados será el menos beneficiado, como ese chiquillo que llama al timbre de la casa mientras sus compañeros esperan apostados en la próxima esquina el resultado de la inocentada, dispuestos a echar a correr y dejarle solo en cuanto lluevan protestas, amenazas y golpes. Debía yo vivir en esa clase de incertidumbre, provocada por la falsía de tantos, que en su delirio llega a confundir mensaje con mensajero, cuando el portador se convierte (en ese instante que es una eternidad ante un abismo) en el sujeto del recado, el terrible, inmortal e inmemorial sujeto no que transmite el recado sino que lo envía desde su origen y que, entre otras cosas igualmente graves, se planta en esta habitación para decirme: aquí estoy. Pero ¿quién o qué ha llegado hasta aquí?, ¿el mensaje o el mensajero?, ¿por qué había de separarlos? Decidida a dar el primero por bueno ¿por qué no iba a designar al segundo como el sujeto implícito en él? Pues se trataba de un hombre piadoso, el más honrado de esta tierra, y no podía haber más que uno. Luego era el mismo que abrumado por la falta había fiado su imperfecta supervivencia a una suerte de precario e incompleto olvido del que trataba de salir a ciegas, en busca de la expiación que le devolvería la memoria, guiado tan sólo por un único detalle preciso —tal vez geográfico— que en cada ocasión (que no se repetiría hasta el olvido del fracaso, hasta la vuelta a la normalidad del recuerdo) se demostraría infructuoso. Comprende o trata de comprender, porque aún no sé si serás capaz de llevar hasta el fondo de tu entendimiento ese momento, ya que te será imposible (como me sería a mí, si invirtiéramos nuestras posiciones)...

La sobrina estiró su falda para suprimir el cóncavo pliegue entre sus muslos y adelantando un poco el torso pasó revista a sus piernas muy juntas y apretó más sus zapatos entre sí; tras observar su entorno a derecha e izquierda, muy tiesa, y sacudir unas inexistentes motas de polvo sobre su regazo, que después barrió con un sumario soplido, enlazó de nuevo sus manos en torno a sus rodillas, y dijo así:

—Todo mi cuerpo responde al unísono a la primera caricia.

La señora empero no se inmutó:

—... vislumbrar los oscuros rincones del alma en semejante situación, cuál sería mi estado de espíritu decidida a embaucar al único hombre honrado que se había de acercar hasta aquí y persuadirle con mi impavidez del fracaso de una misión cuyo éxito yo tenía que celebrar en secreto, no sólo para reservármelo para mí y poder seguir disfrutando de él en exclusiva y en lo sucesivo, sino para no ayudarle en una búsqueda que sólo debía hacer por sí mismo, a partir de un único dato preciso. En ocasiones he llegado a compadecer a ese hombre, al pensar en esa trayectoria de honradez entre un origen falaz y una meta igualmente falsa, y no puedo negar que he estado tentada en algún momento de revolverme contra mi decisión inicial, tan sólo para poder brindarle un único y breve momento de merecido triunfo. Pero qué quieres que te diga, al llegar ahí algo tenía que detener tan buenas intenciones pues, te vuelvo a repetir, estaba en juego mi subsistencia. Alguien o algo ha de detener siempre las buenas intenciones pues de no ser así podrán realizarse en cualquier momento, introduciendo un ejemplo nefasto que en caso de cundir acabaría con nuestra sociedad con más rapidez que la industria del papel. Ese algo es una decisión sabia —y acaso inmemorial— que está por encima de toda compasión. Podría haber aspirado al amor a conciencia de que me había obligado a cumplir un inmutable y sagrado propósito, cualesquiera que sean las vicisitudes por las que pase mi alma. Lo había jurado. Es lo que un amor no tolerará nunca pues ni siquiera puede tomar vuelo si no está íntimamente convencido de que es capaz de barrerlo todo, ya que la moneda con que el amor se cobra sus servicios es la devastación. En cambio la compasión sí. La compasión no exige la entrega de todos los depósitos de la caja y por eso cunde, cunde mucho más de lo que tú te imaginas. Si el premio que ese hombre podía llevarse de aquí de haberme permitido convencerle de que su mensaje era recibido y aceptado tal como él deseara que se hiciera y, por consiguiente, de que había realizado su misión con decoro y eficacia y a plena satisfacción de su mandante, no podía ser sino muy circunstancial y limitado dentro de una dilatada carrera de fortuna muy diversa (pues que yo sepa sólo en la remota Antigüedad los mandaderos recibían honores y castigos desproporcionados a la magnitud o importancia de los despachos de que eran portadores, emparentados con las sibilas, los oráculos y augures) en cambio el gravamen sobre mi situación por haber propiciado tan perfunctoria satisfacción podría ser lo bastante oneroso como para llevarme a la ruina. Pues así como al amor le está permitido apostar toda la fortuna y jugar con la ruina, a la compasión no. Y el amor se aprovecha, qué duda cabe, de toda la licencia social que a lo largo de los siglos le ha sido concedida (y qué han sido los escritores galantes, me pregunto, sino los agentes de cambio que han lanzado al mercado esos bonos fraudulentos) para introducir una mercancía que adolece de todos los posibles vicios ocultos, como esos pisos baratos pagaderos a plazos que no guardan el menor parentesco con el fastuoso interior que ilustra el anuncio del promotor inmobiliario. Y qué plazos, señor, qué plazos; a los que se viene a sumar la cuenta mensual del albañil, el calefactor o el fontanero. Qué puedo decirte sino que, a causa de una tradición cultural incomprensible, que una vez iniciada nadie será capaz de detener ni desmontar, para el amor todo son facilidades y comprensión y que los resultados de su intrínseco poder de devastación son por doquier recibidos como negligibles accidentes; que esa compasión no ejercida —en aras a un compromiso de mayor alcance— se ceba de sí misma, se multiplica y procrea como los celos para empujar al espíritu hasta uno de tantos laberintos donde ciego de insatisfacción se debate entre esa plétora de pasiones no consumadas y parásitas que ocupan un lugar que no les corresponde, dejado vacante por su legítimo inquilino; cómo te explicaré que en circunstancias parecidas el espíritu se desdobla —como la célula adulta— en dos mitades idénticas pero de diferente destino, una de las cuales quedará afincada en sus propios aranceles en tanto la otra persigue sin finalidad los impulsos que abortan y no se convierten en móviles, para dibujar toda una existencia propia y ajena que se desarrollará en el deletéreo ámbito de los deseos sin formulación. Observa cómo tras una larga espera una leve señal basta para que se desvanezca la ansiedad y con la certeza de un encuentro inmediato surgen las pequeñas incomodidades cotidianas para llenar vicariamente un tiempo ocupado por el mensajero y acotado por el anuncio de su llegada, como despiertan las bestias en Cataluña al final del invierno tras la forzada reclusión a que les sometió la promesa primaveral.

Mayo

Era una noche despejada, cálida y sin luna, una de esas noches de la estación seca que el penitente aprovechaba para trasnochar. Trasnochar para el penitente era meterse en el camastro a eso de las doce, tras un par de horas contemplando el fuego a la puerta del barracón; incluso una de aquellas, más raras todavía, en que cenaba al fresco, a la puerta del barracón, sentado sobre el peldaño y con una manta sobre los hombros, para permanecer luego un par de horas mirando a la lumbre y consumiendo una faria a lo más. No era muy fumador pero era su único vicio, el único estigma que conservaba de su pasado disoluto.

Había cenado a la boca de la mina durante veinte años, hasta en los veranos en que trabajaba un turno de noche, que le habían impreso unas costumbres que por una razón oculta no deseaba perder, aunque hubiera tenido que renunciar a buena parte de ellas desde que abandonara la vida activa y se retirara a vivir en aquel rincón del monte carente de propietario o al menos de usuario. Así que unas cuantas noches al año se imponía el deber o la necesidad de trasnochar, como si esperase el turno o, mejor aún, como si correspondiera a la noche de un quincenal, dispuesto a consumir media paga en excesos, en compañía de toda la brigada. De aquellos días de grandeza y locura tan sólo quedaba ahora aquella noche de homenaje, como el heredero raquítico de una antigua y majestuosa especie, reducida, si no extinguida, por las condiciones adversas del medio. Eran dos horas tal vez con el pensamiento en el vacío, ni siquiera en abrasadas evocaciones, para retirarse al camastro sólo cuando le rendía el sueño, con los ojos llorosos, calientes y embriagados de tanto mirar al fuego. Quizá así, con tan magro alimento, alimentaba la convicción (o más bien el deseo) de que seguía en activo, de que tan sólo le tocaba vivir una época en que escaseaba el trabajo —como tantas otras que había conocido—, de que un día u otro se abrirían nuevos cortes, que el personal acudiría de nuevo a los tajos y él una vez más sería contratado en calidad de penitente, un puesto sin jubilación; de que el monte y la cuenca —en aquel momento en baja— más que nunca exigían su atención y su vigilancia nocturna aun cuando se hubieran extinguido los objetos de su cuidado, o desaparecido tras salir en persecución de una vocinglera fortuna que, con sus facultades perturbadas, había abandonado su domicilio familiar para perderse en otras tierras. Habían quedado tan sólo unos cuantos restos que sólo un desmesurado celo podía suponer que necesitaban ser vigilados: una pila de madera posteada para entibación, cada día más reducida por su transformación en combustible, otra pila de traviesas para anchura standard, unos cuantos cupones de carril de 12 kilos, unos restos de herramientas, un montón de tirafondos, una vagoneta cuna hocicada en el borde de una escombrera de pizarra y que tras un período de sanguíneo óxido había adquirido el color de la ceniza, y los barracones, todos ellos —menos el suyo— reducidos a sus cuatro muros, que a través de sus huecos sin cercos parecían haber atraído todos los residuos de la cuenca. Aparte de su perro, un perro de vida independiente e impropio de un guarda, un minúsculo y siempre encrespado ratonero al que llamaba «Ratonero», de ladrido chillón y pelo corto blanco con manchas de color canela, su única compañía consistía en una docena de gallinas (una de las cuales era quica y no se trataba con las demás que la miraban como una deshonra pero la permitían empollar sus huevos) regidas por un gallo de cuello negro y plumaje de fuego, de poca alzada, que un trotamundos le había vendido a un precio muy razonable, en la seguridad de que se trataba de un animal de importación, nacido y educado en la Unión Soviética, con una irreprochable formación bolchevique que le hacía invulnerable a la fatiga y siempre ávido de conseguir la máxima productividad, y un conejo blanco que también vivía suelto —en contraste con el harén de gallinas— y al que el penitente llamaba Víctor. En los días de semana no era raro que el penitente tuviera visitas y aún huéspedes que recalaban en su barracón para inquirir noticias acerca de los cortes que seguían abiertos y podían admitir personal y ciertos sábados algún turno o algún destajo sin el metálico suficiente para bajar a las tabernas y bares del pueblo recurría al viejo horno de pan de la mina para asar un cabrito y hacer luego noche en los antiguos aposentos.

 El penitente no había abandonado en muchos años la cuenca y era conocido en toda la comarca, incluso en el pueblo, de donde con frecuencia le caía algún encargo gracias a su incomparable conocimiento de un monte que sólo para él y con carácter de exclusividad, se diría, producía hierbas para tisanas, emulsiones y aguardientes, hojas medicinales, leña aromática, piedras de azufre y de esmeril, aguas ferruginosas. Aun cuando se le tenía por un tanto excéntrico y visionario era tan respetado que no sólo sus préstamos sin interés eran devueltos escrupulosamente (y sólo se sabe de uno que no lo hizo bastantes años atrás, que apareció al cabo del tiempo y en tierra lejana con la cabeza hundida en un lavajo, bajo el peso de una piedra sobre su nuca y los pies en el cieno, un fin judaico adecuado a un páramo carente de arbolado) sino que de tanto en tanto recibía pequeñas dádivas y hasta alguna que otra participación en los beneficios de las cargas. La cuenca se hallaba poco menos que exhausta pero mientras el penitente habitara aquellos abandonados barracones seguiría abierta, siempre en espera de las inversiones de un alemán afanado en encontrar siderita o magnetita entre los paquetes verticalizados del silúrico o de cualquier indiano resuelto a devolver a su tierra el ahorro americano. Todavía suministraba trabajo, manutención y alojamiento a un centenar de hombres desperdigados por la montaña, que sin duda habían esperado y merecido más de la vida pero que en un momento crucial habían preferido conformarse con su suerte antes que viajar a Alemania a barrer naves industriales en el Palatinado; o estaban demasiado entrados en años o demasiado asimilados a las entrañas de una tierra, brutalmente intemporal y delicadamente agonizante, irrisoriamente desplazada hacia un venidero crepúsculo de mudas espadañas, cerros rasurados y brisas sibilinas. Y no es que se hubieran echado al monte tras un momento de estupor en la civilización, para recuperar en la condición cimarrona el sosiego arrebatado por los escaparates de los comercios de aparatos electrodomésticos sino que de ellos bien podía decirse —como de los caballos enanos que sólo descendían de sus altos pastos en las burdas y escarpes del Monje hacia los prados y ribazos del río con los novembrinos augurios de nieve, o de las rapaces fosforescentes que se devoraban entre sí, cuando alguna atiborrada de carroña era incapaz de remontar el vuelo entre los hondos cañones del Torce donde hasta los rebecos se despeñaban— que pertenecían a él con esa incuestionable vinculación del asiento inmemorial, carente de origen, de historia y de registros. Debían ser godos, según decían algunos conocedores y eruditos locales que un día habían leído a Ortega, y a juzgar por sus nombres: Ulfilas, Vibaldo, Turgis, Abdón, Ulan. No eran corpulentos pero sí recios y robustos, de pelo pajizo y fibra correosa —como los albares y quejigas de poca estatura—, de pierna corta y grandes brazos; toda una raza venida a menos a causa —según los mismos conocedores, que un día habían leído a Marañón— de una secular postura encorvada en busca de los escasos y escondidos dones del monte, y una alimentación insuficiente e inapropiada a base de insatisfactorias gramíneas. No eran buenos cazadores y pareciera que habían heredado el cultivo de la tierra como un ruinoso e impopular negocio, tras su temprano abandono por el único que lo había sabido explotar. Algo tenían de nibelungos y de hurones, agazapados entre las peñas, siempre en espera de una señal.

Seguía atento a sus ruidos en el interior del barracón, antes de ponerse a preparar la cena. El nombre del antiguo penitente era Adonis Abdón. Él lo pronunciaba Adonís pero en toda la cuenca se le conocía por Abdón. Era de escasa estatura y cojo, su bota derecha parecía más propia para guardar un azumbre de vino que para alojar un pie y a pesar de arrastrar la pierna, sin apenas articulación en la rodilla, eran muy contados los que podían seguir su paso monte arriba. La mayor parte de su vida adulta había transcurrido en la cuenca y a pesar de que —como era propio en el gremio— había gozado de una juventud licenciosa y todo el dinero adquirido en el trabajo lo había dilapidado, de él se decía en algunos sectores que no había conocido mujer; pero en otros también se afirmaba que un terrible desengaño había sido el causante tanto de su deformidad como de su misoginia. Aquella noche había decidido dedicarla a su hija adoptiva, o a quien por varias razones seguía considerando su hija aun cuando no tuviera ninguna prueba de su paternidad. Tras su pasado trashumante (esto es, después de haberse ocupado siempre como temporero en casi todos los cortes de la cuenca) tuvo que aceptar, al llegar la edad del retiro, el empleo de penitente en los tajos grisutáceos y en uno de ellos —en una de aquellas explosiones de madrugada que él mismo provocaba agazapado en la solera y protegido con una arpillera, sin más que alzar la llama del candil hasta la bolsa de gas— tuvo una visión de sí mismo, proyectada en el trasdós del liso, tan desconcertante que a partir de entonces decidió beber con más moderación y dedicar la mayor parte de su tiempo al ahorro —para asegurar el futuro de aquella criatura no responsable de sus faltas juveniles— y al pensamiento, un cierto tipo de pensamiento que al parecer los antiguos griegos conocían con el nombre de frónesis. Y también se decía que en un cofre de madera claveteada guardaba un paño de color amarillo que había pertenecido a una antepasada suya, mujer de mal perder, una encantadora griega (otros decían que gallega) que abandonada por su marido había matado a sus hijos, y con el cual podía limpiar las culpas de cualquier hombre honrado, por grandes que fuesen.

Tenía algo el penitente de ese conocimiento del alma que sea o no patrimonio del ermitaño parece que escapa al hombre de mundo, sólo entendido en anécdotas. Si de tanta consideración gozaba en la cuenca era porque nunca preguntaba nada y sin embargo conocía casi todas las vicisitudes de los hombres del corte. No acudían a él a exponer sus cuitas pero una noche en el barracón en su compañía podía constituir la mejor medicina para un momento de ansiedad o un ánimo taciturno. Había vivido más que la mayoría de ellos y a pesar de no ser muy leído podía presumir de poseer el arcano común y el conocimiento del punto donde se esconde el secreto más íntimo.

Conocía el reverso de la montaña; en cambio lo que se ha dado en llamar el alma latina escapaba a su inteligencia y lo miraba con desconfianza. De las mujeres ni sabía ni quería saber nada, con excepción de aquella criatura que no sabía a punto fijo quién era pero con la que estaba en deuda. El otro había llegado el día antes a media tarde, con el sol todavía a media vara sobre el horizonte y durante veinticuatro horas apenas había dado señales de vida. El penitente se tenía por buen fisonomista y nadie que se acercara hasta sus barracones era para él un completo desconocido. Un hombre todavía joven —no habría cumplido los cuarenta años o lo habría hecho recientemente— pero sin duda curtido por varios vientos y batido por diversas fortunas. No podía asegurar que le había visto antes pero sus rasgos no le eran desconocidos, como si ligeramente alterados a punto estuvieran en todo momento de vencer la desfiguración y disparar el resorte del reconocimiento, más alejado cuanto más inminente parecía estar. Y tanto su tardanza como la permanente presión de aquel incentivo sumió al penitente en la desazón provocada por la incomprensibilidad del tiempo transcurrido.

Todo indicaba que había sido un hombre de pelo claro pero que con el tiempo había adquirido, al igual que sus ojos, un color indefinido. Un color que podía ser el único resultado irreversible de muchas privaciones. Sus ropas, aunque anticuadas y destruidas, habían sido de calidad y, calzado con unas alpargatas, llevaba al hombro un par de botas cuidadas con esmero pero con el cuero agrietado. Cuando le preguntó si podía hacer noche allí, el penitente no se levantó del peldaño y le señaló el corredor con el palo con que removía y reunía las brasas de su lumbre. El otro ni siquiera le dio las gracias pero fue su pregunta —una pregunta insólita para quien conociera la existencia de los barracones— lo que con la duda incoó la instancia del olvido.

El olvido que espoleaba el recuerdo de un drama no recordado y que un día le llevó a dejar la bebida. El penitente tenía el oído atento a los pasos del visitante en el extremo del corredor. Normalmente escuchaba muy poco y el penitente, para ser sincero consigo mismo, se preguntó qué podía tener aquel hombre para despertar una curiosidad un tanto incómoda. Podía estar relacionado con el olvido y haber removido una minúscula partícula del drama; un casi imperceptible movimiento que la memoria no sabía o no alcanzaba a detectar pero que el sentido del destino —ese hilo tirante que enlaza todos los tiempos— había advertido. Todos los hombres del corte tenían su secreto, casi ninguno de alcoba; incluso los que habían llegado a la cuenca y el tajo por la vía del balneario y el salón de juego en su mayoría habían superpuesto un presente laboral a un pasado mundano y casi todas sus desgracias, por consiguiente, tenían como inmediato fondo una rivalidad entre hombres. De las desventuras acaecidas a causa de mujeres se hablaba poco en aquellas sierras y ese poco más parecía tener relación con un conjunto de leyendas que con personas de carne y hueso. Hacía años que no se cometían abusos y en cuanto a algunas costumbres semibárbaras que fueron el origen de numerosos dramas, hacía tanto tiempo que se habían extinguido que nadie recordaba con precisión en qué consistieran. Luego, los desórdedes de la guerra fueron los protagonistas de muchas noches, durante más de una década. Después fue otra cosa: el tiempo del lamento era demasiado denso como para dejar espacio para otras habladurías y la existencia de otro sexo se empezó a sentir cuando se abrieron nuevos cortes a causa de la escasez de combustible, en aquellos años en que se quemaba cualquier cosa salida de una bocamina. Pero tal vez, aunque todavía se hallara lejos, se aproximaba de nuevo el espectro del hambre y ya había quien hacía noche en el barracón no para descargar su encono contra un arbitrario patrón, sino para descansar de las fatigas del cultivo de un huerto escondido entre piornales, fecundado por un regato de aguas que volvían a correr claras por los bordes de las escombreras de estabilizado y fúnebre schlamm; un cierto amanecer rural, desquiciado de memoria y aturdido por una inquietud que se venía a sumar al cansancio anterior, estaba apenas despuntando tras un momento de pesadilla industrial. Eso era lo malo, que el hambre, la guerra, la política y hasta las mujeres habían arrinconado tantos dramas y culpas que en cualquier momento podrían regresar las víctimas reclamando una compensación a la que no tenían derecho, o más elevada que la justa, sólo a causa del olvido. Pues al poco de practicar la abstención empezó a recordar que alguien tenía que volver, a reclamar justicia o tan sólo a exigir lo suyo, pero de ahí no pudo salir. Nunca podría recordar quién ni para qué; tal vez su hija o la que él debía considerar como hija suya, aunque no lo fuera, o su verdadero padre. Por eso el penitente se veía obligado a saber todo lo referente a quien se acercara a su barracón, seguro de que no venía a reclamar algo suyo, perdido en el olvido. Así que podían pedir lo que quisieran con tal de que no reclamaran nada.

Por eso le impacientó que le preguntara si podía dormir allí. En toda la cuenca se sabía que se podía dormir allí, cuantas noches se quisiera. Parecía proceder de aquella época tan lejana, anterior a la guerra y los dramas de familia, intolerablemente inoportuno, un tanto agorero. Se veía que en su vida jamás había gastado una moneda en refrescos y hacía muchos años que no había movido el labio superior. La edad de sus ropas le denunciaban, así como una cierta altanería, impropia de quien se acercara por allí a echar una siesta o una parrafada con el penitente o a participar de su olla. Incluso si no lo había visto nunca, a Abdón le bastaba un primer y somero examen para colegir lo que podía empujar a un desconocido hasta aquel rincón de la sierra; lo más corriente era un pequeño préstamo, avalado por el nombre de un amigo común, que Abdón concedería a regañadientes no sin consumir un par de horas atizando el fuego o removiendo el guiso para dar tiempo a que el desconocido ofreciera toda clase de seguridades a propósito de la reposición, al cabo de las cuales —cuando el desconocido ya no esperaba nada y hacían ademán de retirarse, lamentando la pérdida de tiempo— le ofrecería la mitad de la cantidad solicitada para retractarse de ello a la primera protesta del demandante o para redondear la oferta con un 20 por 100 si era aceptada con buena voluntad, consciente de que el incremento constituía el mejor resorte para la puesta en marcha de un agradecimiento que, más que la cantidad prestada, garantizaba el reembolso. Pero aquel hombre no acusaba ninguno de los rasgos conocidos. Saltaba a la vista que no llevaba un duro encima pero no mencionó el dinero ni la dureza de los tiempos ni la ruina de la cuenca ni la falta de trabajo. No había trabajado en el corte y sus uñas eran demasiado largas. Se detuvo delante de todos los cuartos y al fin eligió uno del fondo, cercano al de Abdón, donde se encerró por el resto de la tarde, la noche, la mañana y la tarde siguiente. Al caer ésta, el penitente —un tanto intrigado— se acercó hasta aquel cuarto y aplicó el oído a la puerta. No lo había hecho jamás; no recordaba haberlo hecho nunca y una vez más se sobresaltó por haber transgredido las cláusulas del olvido y tener que enfrentarse a una situación para la que no estaba preparado. Pues acerca de la preparación el penitente presumía de saberlo todo.

No oyó nada y empezó a temer una desgracia. Aquella tarde el penitente fue visitado por un par de compañeros que le aportaron una liebre recién cobrada en uno de sus cepos. Se hallaba todavía desollándola cuando, interrumpiendo la conversación de los tres, el nuevo inquilino apareció bajo el dintel de la puerta. Uno de ellos se levantó al momento, nunca supo por qué. El otro también se quedó mirándole. El desconocido dio un breve paseo alrededor del barracón y los dos amigos aprovecharon el momento para despedirse precipitadamente de Abdón, un tanto desconcertado de una decisión tan inesperada, con la liebre sobre el peldaño. Cuando regresó el desconocido, Abdón estaba de nuevo solo, removiendo el caldo de la cazuela y animando las brasas de carbón vegetal, la liebre desollada sobre una parrilla, unos cuantos ajos y unas hojas de romero introducidas en los cortes en el lomo y los costillares. Luego con un dedo le eplicó un poco de sebo, la roció con algo de vinagre y la extendió sobre la parrilla.

—Una liebre a la cazadora ¿le gusta? —preguntó Abdón sin dejar de estar atento a la cazuela.

—No —dijo el desconocido.

—Está demasiado tierna —dijo Abdón—. Hubiera sido mejor dejarla para mañana.

Cuando volvió junto al fuego, restregando una cuchara de latón contra su culera, el otro se había apoderado de su puesto junto al fuego a cuya luz leía una hoja de periódico atrasado que había encontrado por el suelo del corredor.

—Tome —dijo Abdón, ofreciéndole la cuchara de latón.

—No me hace falta —contestó el otro, sin dejar de dar vueltas a la hoja arrugada y rota y sin siquiera observar lo que Abdón le ofrecía. Abdón tomó la cazuela protegiéndose con un paño sucio, probó una cucharada a pequeños sorbos y sin hacer un comentario volvió a depositarla sobre el fuego, tras observar las estrellas, impaciente por concluir con el guiso para comenzar el asado de la liebre.

—Todavía le quedan unos minutos. Son unas patatas que han salido un poco tiesas —dijo en tono de disculpa.

El otro no replicó, tan sólo ladeó la cabeza para mirar de refilón la cazuela como si se tratara de una intrusa. Era el momento más apropiado —una espera de unos minutos que se convertirían en media hora— para preguntarle por el objeto que le traía por aquellas tierras, pero Abdón se contuvo porque algo le hizo sospechar que podía encontrarse con una réplica desabrida. Tal vez, se dijo, la mejor manera de ganarse su confianza consistiera en acompañar su hospitalidad con la mayor discreción, no fuera a destapar la caja de los recuerdos. El otro pareció adivinar sus reflexiones porque sin que viniera a cuento dijo:

—Un agujero en el monte.

Tipos así no habían aparecido en los últimos veinte años, desde que se cerrara el balneario y la sierra quedara limpia incluso de excursionistas, montañeros y geólogos. Eso era exactamente lo que parecía: un ejemplar de veinte o cuarenta años atrás, formado con los mismos caracteres y atributos de los de hoy y sin embargo, como un periódico atrasado, indefinida e involuntariamente desplazado e irónico, cínico y mendaz, despojado de toda picardía y poco digno de crédito, flotando indemne por su ingrávida anacronía sobre el torbellino de nombres y sucesos y hechos actuales para poner de manifiesto la inalterable y pétrea composición de la historia, formada de sustancias simples en invariantes proporciones. Así que no tenía edad, tan sólo esa edad cuarentona y epicena que ya no es juventud ni madurez ni senectud sino sólo edad, despojada de cualquier devenir y desprovista tanto de pasado cuanto de futuro y tan a punto de desvanecerse en un inexplicable quiebro de los días cuanto dotada de una secreta y degenerada perseverancia ajena a los cambios e inmune a la decadencia.

Al fin Abdón retiró la cazuela del fuego y sobre él dispuso la parrilla con la liebre cortada a lo largo del lomo en dos mitades iguales.

—¡Ea! —dijo Abdón al tiempo que depositaba la cazuela en el peldaño a igual distancia entre ambos. Le dejó la cuchara de latón a su lado e introdujo la suya en la cazuela para probar el caldo a pequeños y ruidosos sorbos que el otro, con ostensibles muestras de enojo, desaprobó.

—No está mal —añadió.

Cuando Abdón se levantó a dar la vuelta a las dos mitades de la liebre, el otro tomó la cuchara y llena de caldo la mantuvo en el aire durante un momento para enfriarla. Al fin, como si para ello tuviera que vencer cierta repugnancia, acercó sus labios al borde de la cuchara para probar el caldo con un sorbo más ruidoso que los de Abdón. Primero hizo unos gestos negativos con la cabeza, luego apuró el contenido de la cuchara, paladeó el caldo y por fin escupió todo lo que tenía en la boca, con un gesto de manifiesto disgusto.

—Comida de cerdos —dijo, al tiempo que volvía a coger la hoja del periódico atrasado.

Abdón tomó de nuevo asiento en el peldaño y encajó la cazuela entre sus rodillas, protegidas del calor por el mismo paño mugriento, decidido a desoír las palabras del otro y dispensarse todo su contenido. El otro dejó a un lado la hoja de periódico y se corrió un poco para sentarse a los pies de Abdón, en un peldaño más bajo, y de nuevo introdujo su cuchara en la cazuela mientras Abdón masticaba un trozo de patata y le observaba sin enojo ni extrañeza ni siquiera precaución, sólo atento al bocado.

—Comida de animales, de puercos —añadió.

Las dos cucharas chocaron en el fondo de la cazuela, en busca de los trozos de patata. El otro empujó la de Abdón en sentido inverso al de su recorrido, para arrebatarle las piezas que hubiera capturado, una de las cuales se llevó a la boca entre protestas.

—Ya no hay principios —dijo mientras masticaba.

—Cierto que no —corroboró Abdón, también al tiempo que masticaba.

—Los hombres se conducen como animales —dijo el otro, dando con la cuchara una última vuelta al fondo de la cazuela.

—No se respetan las leyes —dijo Abdón al tiempo que tomaba la cazuela y la inclinaba sobre sí para aprovechar el resto del caldo.

—La tierra no reconoce a sus señores —sentenció el otro, en el momento de introducir su cuchara por última vez.

—La ley del más fuerte —dijo Abdón y apretó la cazuela con las rodillas y la devolvió a la horizontalidad; hizo ademán de introducir de nuevo su cuchara pero el otro le detuvo.

—Yo prefiero la ley del más débil —dijo y le agarró el brazo por la muñeca y de nuevo ladeó la cazuela para observar el contenido del fondo. Luego la extrajo de entre sus rodillas y de un tirón arrojó lo poco que quedaba lejos del fuego.

—Cuida de que no se queme esa carne —ordenó, al tiempo que se pasaba el dorso de la mano por la boca.

—Comida de puercos —añadió—. No he venido aquí para esto, ya te lo advierto. Será la última vez. No me gusta repetir las órdenes, aborrezco la mentira. La tierra volverá a sus señores y tú vivirás para verlo, si cumples como es debido, ya te lo advierto. Mira a ver cómo está esa liebre.

Cuando Abdón tomó para sí una de las mitades de la liebre el otro le miró con reprobación.

—Todo ha cambiado —dijo— pero todo volverá a su ser, ya te lo advierto. Yo me encargaré de eso —dijo mientras consumía la liebre a grandes bocados. Abdón tuvo un mal presentimiento y atacó la liebre con una repentina desgana. Pensó que había llegado el momento, que una a una las partículas de una remota y olvidada emulsión se iban precipitando hacia un inminente desastre.

El otro mordisqueaba el musco de la liebre hasta dejar limpio el hueso.

—La tierra se ha cansado de los trabajadores, la ley de los débiles —dijo para añadir, tras una pausa, luego de haber concluido con avidez la liebre: Fíjate en mí.

Abdón lo hizo pero no en obediencia a la orden. Le ofreció la mitad de lo que aún le quedaba a él y el otro se lo comió en un par de bocados. Sin haber concluido su parte Abdón se llegó al interior del barracón del que volvió con un par de mandarinas en la mano.

—Están buenas. Un poco ácidas pero buenas.

El otro cogió las dos.

—Sólo he venido por lo mío —dijo mientras pelaba la primera mandarina que dividió en dos mitades y se comió en dos bocados, el segundo sin esperar a engullir el primero—. Y tú lo sabes. Todo el mundo lo sabe, aborrezco la mentira.

A diferencia del otro Abdón recogió los huesos de la liebre y las mondas de mandarina en la cazuela y sólo cuando hubo concluido le preguntó:

—¿Qué es lo tuyo?

—Todo lo que me pertenece.

—¿Es mucho? —preguntó Abdón.

—Mucho —dijo el otro—. Todo esto me pertenece —añadió sin indicar nada en particular ni señalar algo con la vista—. Y yo le pertenezco. Y tú. La tierra está harta de trabajar.

—Los tiempos no son buenos —sentenció Abdón.

—Los tiempos no son buenos ni malos —replicó el otro—. No son nada. El tiempo ya no está aquí.

—El pueblo es una gran cosa —dijo Abdón.

—Cierto que sí —repuso el forastero—, demasiado grande.

—Nuestro pueblo es grande —dijo Abdón, mirando la lumbre.

—Muy grande, demasiado grande —subrayó el forastero.

—No necesita de nadie, nuestro pueblo.

—De nadie, ni siquiera de mí —concedió el otro—. Es como Canaán.

—¿Canaán? —preguntó Abdón, sorprendido por

vez primera. Luego recapacitó y tanto para enmendar su ignorancia como para evitar mayores males, dijo: Ya. Eso es, Canaán.

—A propósito —apuntó el desconocido— ¿no te quedará por ahí un poco de castillaza?

—¿De qué?

—Castillaza, tengo entendido que es el nombre del aguardiente de por aquí. Aguardiente, quiero decir.

—Aguardiente. Eso es, castillaza —dijo el penitente no sin poder ocultar un cierto temblor—. Creo que debe quedar algo en una botella. Pero debe llevar ahí muchos años.

—Mejor que mejor —dijo el forastero—. Vamos a ver cómo está ese licor.

—Vamos allá —dijo Abdón al incorporarse para ir en busca del aguardiente. Pero antes de desaparecer en el interior del barracón se detuvo, un tanto trémulo, al escuchar del forastero lo que tanto había temido:

—He vuelto porque tenía que volver. Para recuperar lo que es mío.

Octubre

—Pensarás de cuanto te he dicho —dijo la señora— que a lo largo de estos años no he hecho otra cosa que cuidar de un aspecto de mis negocios para desentenderme de esos otros que en toda casa y en toda familia se reputan como principales. Que en resumen, y a la vista de mis propias limitaciones de las que desde muy joven fui consciente, tras haber comprendido la incompatibilidad de las dos naturalezas que en mi anidan, decidí desarraigar una de ellas para evitar la pugna y disfrutar de la paz que el dominio omnímodo de mi persona por parte de la otra me había de procurar. Es una manera de ver las cosas un tanto obscena, que no discuto que pueda ser efectiva a la hora de configurar un retrato sucinto de mí, pero que de nada me sirve. Nadie se ve a sí mismo de manera obscena y nadie se puede conformar con el retrato psicológico que le viene de fuera, aunque sea el más laudatorio. Si de algo me siento satisfecha es de la reserva con que he recibido y aceptado los no escasos homenajes que me han sido dedicados en estos años y de haber atendido poco, a la hora de tomar decisiones, las opiniones ajenas y los buenos consejos de las amistades. En un mundo donde todo son semejanzas y precedentes, donde lenguaje y entendimiento no dejan lugar para la excepción, lo único elegante que puede hacer el yo es callar acerca de sí y desdeñar para sus adentros las definiciones que acerca de su naturaleza le vengan de fuera. Definir, leí una vez, es desconfiar. Casi me atrevo a ir más allá: definir es despreciar.

—Y pactar, suspender el combate —comentó su sobrina.

La señora la miró, se levantó y se acercó al ventanal. Estaba cayendo la tarde, una tarde fría de mediados de otoño; los árboles habían perdido sus hojas y ya antes de comenzar el crepúsculo la vega se había cubierto con esas discretas impregnaciones metálicas (miniadas las torrenteras y cromado el río, galvanizados los barbechos, el levante empavonado) con que de antemano parece protegerse del acoso y del ataque del cercano invierno. Durante un buen rato, mientras en sus manos estrujaba los extremos del chal de lana cruda, estuvo contemplando la caída de la luz, hasta la fusión de los perfiles, con esa fijeza que todo paisaje harto familiar reclama, trasunto de una fidelidad sólo demostrada en breves y aislados momentos de vacío. Antes de volver a su asiento dijo:

—Aun suponiendo que así fuera ¿quién será capaz de describir y afrontar esa larga lucha de exterminio?, ¿quién puede presumir de atender en todo momento a las exigencias y demandas de su razón?, ¿quién no ansía la paz del espíritu a costa de lo que sea, incluso el embrutecimiento? Quien pueda pretender que eligió esto y prescindió de aquello, ¿podrá con parecido laconismo explicarme cómo se soporta una mutilación tan drástica? Pues estoy hablando de un miembro cuya ausencia, tras la amputación, se hace sentir con más insistencia e intensidad que la presencia del vivo, y cuyo vacío puede crear una norma que domine a todo lo demás, como ese idealizado primogénito perdido en la flor de la edad cuyo ejemplo informará la educación de todos los vástagos que vinieron después. La salud es inconsciencia y el presente no forma, sólo da que pensar un tiempo que no está aquí y lo más sensible del alma se dirige siempre a lo perdido. Más aún ¿qué fuerza y qué perseverancia no hay que extraer de una —supongamos que es ella— firme voluntad de llevar a cabo una operación tan sangrienta que es menester repetir a diario pues ese miembro cercenado, si en verdad forma parte constituyente del alma, renace todas las noches y en el plazo de un duermevela puede recobrar su plena forma adulta para exigir su restitución a su legítimo puesto, que ni siquiera fue inconsideradamente ocupado por otro sino legalmente ocupado por un hueco en todo despectivo a las leyes del cuerpo? No, nadie me va a contar mi historia y si hasta ahora no la he escrito es precisamente para que quien yo sé la pueda leer un día en unos caracteres mucho más sutiles que los que mi torpe mano puede garabatear: en la letra no imprimible de la inteligencia, con la muda lengua de un entendimiento recíproco que si un día fue cabal aprendió de una vez para siempre y en un solo instante toda la ciencia gramatical necesaria para comprender y ser comprendido al primer golpe de vista.

—Es lo que yo siempre he dicho, tía —dijo en esto la sobrina.

—Nunca te lo había oído decir —replicó la señora.

—Es que siempre lo he dicho en y con la lengua muda de un entendimiento recíproco.

—¿Y qué es lo que has dicho siempre en esa lengua tan particular, que ya no me acuerdo?

—He dicho: le coeur a son ordre; l'esprit a le sien.

—Dímelo en castellano.

—En castellano eso quiere decir que al pan, pan, y al vino, vino.

—¿Estás segura de que quiere decir eso?

—Estoy convencida, tía. Es decir, estoy convencida de que es la mejor traducción posible a la lengua muda del entendimiento recíproco. En otras palabras...

—Te entiendo —cortó la señora al tiempo que corría los visillos del ventanal. Por su mente pasó la sospecha —como un rayo lejano, sin ruido, sin promesa de repetición—, de que su sobrina podía tener doble fondo (donde guardaba la ironía) y a sí misma se prometió negarse a dar crédito a tal posibilidad. Encendió la luz de la pantalla y al pasar junto a su sobrina le regaló una mirada de soslayo, como la dirigida a un perro fiel y siempre molesto.

—Nunca tomé una decisión contra él, eso sí lo puedo afirmar —continuó la señora, adoptando una dicción lenta y sincopada para conjurar en lo posible las interrupciones de su sobrina—. Nunca. Por eso mismo daría en pensar lo contrario, siempre atemorizada por unas consecuencias cuyas últimas ramificaciones escaparían a mi vista y, por supuesto, a mis intenciones. Porque pronto comprendí, en aquellas desgraciadas circunstancias que siguieron al descubrimiento de la bárbara costumbre que debía preceder a nuestra unión, que al ser yo la causante de mi furor a mí me lo debía dirigir, si deseaba aprovecharlo, y no sólo para restablecer la paz (mi paz, podría añadir) sino tanto para excluirle de una corriente de sentimientos que podía arrastrarnos a mayores males cuanto para dejarle libre de buscar por sí mismo el camino de la solución. Pues él era inocente, aún lo sigo creyendo, aunque fuera el primer actor de aquella trágica pantomima, y sin duda jamás pasó por su cabeza que la escenificación de una tradición de la que, naturalmente, sólo había oído hablar y a la que no concedía mayor importancia que la que se pueda dar a cualquiera de los brutales dichos o símbolos que adornan el blasón familiar, constituyera para mí la ordalía de nuestra unión hasta el punto de obligarle a elegir entre su familia y yo. Pero no la familia en cuyo seno había vivido y se había educado y era su obligación hacer perdurar a través de su unión conmigo, sino que la disyuntiva quedaba planteada entre la familia que era yo y yo. Porque yo era su familia a partir de aquella noche atroz y yo le obligaba a elegir entre yo y yo, una opción tan contradictoria y aporística que ni siquiera la podría solventar huyendo de allí, como un Caín que consigo lleva los estigmas y la maldición de toda su progenie. Sí, era un juego muy arriesgado, tan arriesgado que todavía hoy temo haberlo perdido y es precisamente ese temor lo que me impide responder al mensajero de la manera que él sin duda espera y desea. Desde fuera cabría interpretar mi actitud hacia el mensajero como una respuesta del amor propio hacia —digámoslo así— el reiterado intento de soborno mediante el cual se desea doblegar una postura intransigente con el señuelo de un sustancial beneficio para todos los implicados en el drama. Si así fuera, si ese señuelo fuera verdaderamente convincente y hubiera logrado persuadirme de que un cambio en mi actitud reportaría ese tan esperado beneficio, hace tiempo que habría claudicado y depuesto mi intransigencia. Pero me temo que en todo el affaire la Providencia me ha investido con un múltiple papel —primero de víctima, más tarde de juez, tal vez de verdugo— que me obliga a hacerme cargo de las responsabilidades subsidiarias de un gesto con el que otros creen que puede concluir el drama y con el que por el contrario, a mi entender, se inicia otro más patético y de más difícil solución. Porque la felicidad o la desdicha admiten grados pero la duda no. La incertidumbre educa al espíritu de forma que no le permite abandonarla, al acostumbrarle a temer más al hipotético estado que se producirá tras el resultado adverso que a la hipnótica mezcla formada con un ingrediente de esperanza.

—No lo creo así —interrumpió la sobrina.

—¿Qué es lo que no crees así? —preguntó la señora, cogida por sorpresa una vez más y un tanto mortificada.

—No creo en ese poder somnífero de la incertidumbre en tanto en redor se escucha el rumor del destino —dijo con aplomo la sobrina, sin apartar la mirada de sus rodillas.

—¿Cómo has dicho? ¿Cómo es eso último? —preguntó de nuevo la señora, obligada contra su voluntad a dejar de lado su enojo para dar entrada a la curiosidad.

—... en redor se escucha el rumor del destino —repitió la sobrina.

La señora respiró tranquilizada, invadida por esa mezcla de decepción y alivio que produce la revisión de un verso que en una primera lectura un tanto apresurada ha sobresaltado al ánimo con la impresión de un hallazgo de primer orden, poco menos que desvanecido y relegado al terreno de las vulgaridades tras un examen más detenido.

—Bien veo que lo dices sin convicción, que no crees en lo que dices creer. Es más, que lo dices sin otro objeto que interrumpirme y alterarme, para cortar el hilo de mi discurso y retrasar cuanto sea posible la conclusión a la que aspiro llegar. No sé por qué lo haces, no sé a qué atribuir esa política. Tal vez tus intenciones sean honestas —no digo que no—, temerosa de compartir unas conclusiones que a mí misma me anonadan de antemano, antes de haberlas alcanzado, hasta el punto de habermet resistido siempre a embarcarme en tamaña confesión por temor a alcanzar un punto final muy distinto al deseado. Pero una vez decidida a exponerla no lograrás detenerme ni impedir, cualesquiera que sean tus argucias, que alcance esa visión cuyo objeto durante tanto tiempo he preferido mantener en la penumbra. Por otra parte debo decirte, para que te aproveches de ello en ulteriores ocasiones si has de perseverar en tu fea costumbre de interrumpirme con impertinentes apostillas, que eliges mal tus objeciones a los pocos apotegmas que tengo por firmes, deducidos de una observación constante y variada y no de un desdeñable dato de la memoria. Ahí sí, ahí te permito toda clase de licencias porque también me las permito yo, convencida como nadie de que sus irreverentes datos día a día han de ser falseados si ha de ser utilizada como una facultad. Pues lo que pasó no es más que una sombra de lo que ha pasado.

—La memoria es sagrada, tía —apuntó la sobrina.

—Allá tú con tus opiniones. Te iba diciendo, cuando me interrumpiste (y para que veas que no pierdo el hilo de mi discurso), que mediante la incertidumbre el miedo a la adversidad es sustituido por el temor, una afección más tolerable y con la que se puede llegar a tener tratos. Unos tratos lo bastante prolijos y poco terminantes como para que duren siempre, a fin de alejar aquél. Sí, muy arriesgado, muy arriesgado; aunque sólo fuera porque desde otro punto de vista distinto del mío se podía interpretar —y no cabía otra interpretación más convincente— que yo volvía la espalda, decepcionada por su resultado, a aquel desgraciado asunto y en lugar de buscar un consuelo en una revancha o en una aventura similar o en una disposición a rehacer mi vida, optaba por cercenar de mi personalidad la parte que había sido subyugada por él, para dedicarme en lo sucesivo a negocios de índole muy distinta y, por así decirlo, mucho menos apasionantes. De casos así están nuestra tierra y nuestra raza saturadas y ¿por qué iba yo a ser diferente? No me importaba lo que dijeran, ni siquiera si lo decían sin rencor ni despecho; qué podía importarme que aquí y allá mi caso fuera timbrado con una etiqueta archiconocida si a cambio de ello adquiría no tanto la libertad cuanto el ocio —apenas turbado y defendido por el respeto de quienes me atribuían un carácter cuya debilidad estaban muy lejos de columbrar— necesario para trazar mi camino con olvido de todo compromiso social. Sin ser plenamente consciente de su poder me di cuenta de que tenía fuerza. De la noche a la mañana había ingresado en un claustro, ni defendido por tapias o rejas ni sancionado por voto alguno, tan sólo protegido por esa efervescencia del vacío, esa carencia de atmósfera que distingue a un cuerpo formado exclusivamente de metales nobles y que velozmente se desprende del torbellino de polvo que lo engendró en el momento de su máxima incandescencia. Recuerdo muy bien la mirada de todos ellos cuando me vieron entrar; toda su fuerza unida —la más poderosa que entonces cupiera imaginar a este lado de la sierra— no sería suficiente para hacerme un sitio entre ellos y mucho menos para devolverle a su lado. Así lo comprendieron al unísono y por eso no movieron un músculo en el vano intento de detenerme.

La estampa permanece grabada en la memoria (con los retoques necesarios para adecuarla a los sentimientos de hoy), intolerablemente fija, depositaria y dueña del valor que en todo momento está reclamando el reconocimiento, el respeto y el acatamiento a su superior jerarquía. Es todo un emblema. Todos se han congregado detrás de la mesa —una mesa muy larga, con el servicio dispuesto, a punto de comenzar el banquete— como si se tratara de un tribunal en el momento de pronunciar su veredicto; algunos se han puesto en pie como obedeciendo a una orden ritual, nadie sabe muy bien por qué. Unos jóvenes, otros maduros y un par de viejos; algunos niños y en un extremo una de esas ancianas que mira hacia otro lado —tanto en los cuadros de corte como en las estampas de escenas populares— porque no sabiendo muy bien de qué va la cosa trata de recordar el menudo quehacer del que ha sido arrebatada, acaso la búsqueda de una horquilla. Unos son altos y otros bajos, algunos en traje de gala y otros ataviados a la campera, con algún detalle inusual; no se congregan en torno a una figura central —pues el jefe de familia no está presente— y una muchacha de faldas largas levanta la vista hacia la encrespada cabellera de un patriarca de aldea. Más que una familia se diría un pelotón de voluntarios apresuradamente reunidos con sus madres, esposas e hijas antes de partir para una cacería en el monte o a la vuelta de su combate contra el invasor, para celebrar su recién estrenada independencia: eran los Amat.

—Sabía muy bien que a partir de aquel momento nuestras cuentas se saldarían en silencio. Ni siquiera pronunciaron el veredicto, bien porque yo no les diera tiempo para ello, adelantándome a su decisión y abandonando la sala del banquete en el mismo momento en que le hice responsable de la afrenta, bien porque carecieran de esa mínima capacidad para considerar las dos posibilidades diferentes que la justicia más burda y amañada tiene que presentar al pueblo para que sus decisiones tengan cuando menos la apariencia de un juicio. No les dejaba más que una posibilidad: mi culpa y su huida, es decir, la extinción de la familia tal como había sido hasta entonces. Sabía yo —quizá mejor que ellos, que nada sospechaban, que para nada habían imaginado un desenlace semejante— que toda la familia se pondría en pie, que un unánime grito de reprobación se ahogaría en sus gargantas y que antes incluso de ser acusada sería condenada sin remisión, sin respuesta ni súplica ni apelación posible por mi parte. No podía haber el menor atisbo de perdón; antes de extinguirse tenían que culparme. Porque me habían elegido de antemano y habían dado por supuesto que aceptaría sin una protesta —y sin resignación, orgullosa del honor con que había sido distinguida— el papel que me habían asignado, la esposa y madre de todos ellos. Pero lo comprendí sólo antes de entrar al salón a presidir el banquete junto a él, en el momento en que me llevé una aceituna a la boca en espera de que un tío suyo, en funciones de maestro de ceremonias, viniera a buscarnos para llevarnos al salón y comenzar el festín. No había despertado de aquella noche infausta, llevada de un lecho a otro, y todavía mi mente se negaba a aceptar y recibir el clamor de protesta de todos mis sentidos, extraviados por toda clase de emociones y vapores, hasta que llevé la aceituna a la boca. Cuánto, me he dicho muchas veces, debo a ese pequeño fruto adobado con una fórmula tan vieja y perenne como la pieza más remota de nuestra civilización; pues en el momento en que me entregaba lo mejor de su acidulado y acerbo sabor, antes de que mis dientes toparan con su hueso y al recorrer con la imaginación la escena que me esperaba, la larga serie de expresiones complacidas y festivas, ordenadas de acuerdo con la rústica arquitectura je-

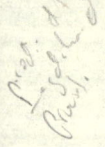

rárquica, sentí toda la vergüenza de mi recién estrenada condición, la ignominia de una elección que no cabía rehusar y comprendí que al igual que la aceituna reservaba en su interior la parte dura e incomestible tan sólo destinada a la germinación, el clan me había elegido para ocupar ese mismo recóndito lugar y desarrollar la misma misteriosa y oculta función del hueso, envuelto, tan sólo envuelto en aparente carne apetitosa destinada a pudrirse y no ver otra luz ni tener otra voz que la de la asesina progenie que nacerá de su encierro. Por eso no esperé y (con el hueso en la boca) cuando nos dirigíamos al salón le dije que no sería suya en tanto viviera su padre y que no volvería a cometer incesto, cuando todos se pusieron en pie, y que no volviera a poner los pies en aquella casa de la que yo ya era señora, cuando salimos del salón y caminamos hasta el puente, consciente de que a mis espaldas, con la misma presteza que me alejaba de ellos, levantarían con los materiales más permanentes el monumento de mi culpa y, por lo mismo, la cédula de mi definitivo exilio. Me dirás que con todo eso...

—Yo no digo, tía —interrumpió la sobrina, y su voz no parecía sino el acompañamiento oral del baño de miel con que la antepenúltima luz de la tarde lustró la habitación—, sino lo que creo que debo decir: los hombres...

—... no hago sino agigantar la importancia de un hecho desgraciado e insólito que habría podido muy bien remediarse si las partes involucradas hubieran demostrado una mínima voluntad de mitigar sus consecuencias. Y que si no fue así es porque, aun todo lo inesperado que quieras, no constituyó sino la primera manifestación de la gangrena que padecemos o, al menos, quisiéramos padecer. No, no fue un hecho aislado ni tampoco el desgraciado accidente de poca monta que provoca una tragedia que se viene fraguando desde lejos y que bien hubiera podido resolverse por otros procedimientos menos bárbaros. Pero la barbarie estaba en la raíz del conflicto, escondido bajo el nombre sacrosanto de una tradición familiar que se remontaba a no sé qué siglo, mantenida en secreto a lo largo de generaciones, al igual que las docenas de sábanas bordadas, tan sólo utilizadas en una ocasión en la vida de cada Amat y tras un único uso devueltas a las sombrías gavetas donde la lejía y el alcanfor las redimirían de los estigmas de una noche lúbrica. No he querido nunca comprender lo que pasó, quiero decir, analizarlo, pasar por su orden de un hecho a otro y deducir de toda la cadena de sucesos la resultante que me (o que nos) llevó a abandonar la casa y la familia (con el hueso en la boca), en el momento más intempestivo, y de una vez para siempre me empujó a ser lo que tenía que ser, la cauta receptora de un mensaje falso...

—La chispa que provocó el incendio.

—No, no fue una chispa, fue más bien la prueba del fuego, esa extraña ordalía no aplicada esta vez al transgresor de las leyes y costumbres sagradas sino acaso al revés; como si el pueblo que la practicara hubiera perdido la fe en sus divinidades pero conservara empero la confianza en los frutos y beneficios del culto y ante el resultado negativo de la prueba optara por expulsarlas de sus templos y altares, a fin de introducir otras nuevas —no desacreditadas por el excesivo otorgamiento de la esperanza— con las que asegurarse un futuro no más sombrío que el presente. Observa qué mudable es el dios y qué permanente el templo. Así fue también entre nosotros, inocentes aprendices de un culto que nos prometió conducirnos hasta la divinidad pero que nos dejó siempre a mitad de camino, en el culto; acaso sea el mayor misterio de la religión que así entendida no esconde engaño alguno, tan sólo miseria. ¿Y quién me convencerá de que no mantengo la misma actitud que en la iglesia, el no impaciente recogimiento que exige toda espera persuadida de la llegada del sóter, pese a la ruptura, y que si rompí todos los vínculos con la familia y con la ética de la mujer casada, en cuyo vientre se propaga el clan y se esconde el tabernáculo de la tradición, no sería para aferrar el lazo que desde entonces me une a todo lo desaparecido? Se extinguieron pero yo con ellos, hasta que el mensajero sin mover un dedo, me obligue a persuadirme que debo recibirle, y entonces resurgiré. Ah, qué broma tan cruel, qué escandalosa ironía; la más rebelde e intransigente mujer que ha dado esta tierra se deshace de todos sus compromisos para convertirse a la postre en la más sumisa cumplidora de las leyes que derogó. Echó a correr y yo salí tras él (con el hueso en la boca), no sé muy bien por qué; si para retenerle, si para tratar de acompañarle, si para huir de allí también, al tiempo que la familia se ponía en pie. No sé si le llamé, lanzando mi voz a la otra margen del río, pero estoy segura de que no me oyó y se fue sin volver a oír mi voz. Y es más que probable que se fuera sin saber que yo también me iba y que supusiera que yo me quedaba porque al aceptar sus condiciones no sólo había entrado a formar parte de ellos sino que me había convertido en la cabeza de la familia; quiero decir del clan y en calidad de principio germinal del mismo, la nueva Betsabé cuyo hijo ocuparía el trono de David. Al llegar al puente (todavía llevaba el hueso en la boca) comprendí que no podía seguirle —aunque sabía muy bien qué camino había tomado, en dirección a la cuenca— porque aunque ambos huyéramos a causa del mismo incidente las razones de nuestra huida eran muy distintas y si en el mejor de los casos nuestra común intención era hacer todo lo posible para borrar sus consecuencias, a fin de volver un día a encontrarnos, sin duda lo teníamos que conseguir cada cual por su lado, a lo largo de un camino que antes que por otro lugar pasaba por uno mismo. Pero es tan sólo una suposición porque en cuanto atravesé la cerca (haciendo girar el portillo con sumo tiento, resuelta a no hacer ninguna clase de violencia, sin duda tan profético y pacífico talante me fue inspirado por el hueso de aceituna) comprendí que me alejaba empujada no por el furor sino por la fuerza, no por el deseo de venganza sino por la ambición, no por el horror a su barbarie sino por el menosprecio a su debilidad, por todo aquello que tenía que ocultar y disfrazarlo con las ropas siempre cómodas, bien cortadas y llevaderas de la virtud ofendida. Por eso tenía que suponer que él querría un día volver a encontrarse conmigo, después de haber sido informado en su destierro que yo también había desaparecido del lugar, pocos minutos después; pero era una hipótesis que en mi fuero interno tenía que poner permanentemente en duda —aunque fuera la única que me llevase a encontrar mi propio camino, como la única que ayudándome a perseverar en mi decisión me habría de conducir a su lado el día en que él comprendiera —por sí mismo y nada más que por sí mismo— la magnitud e intención de tal perseverancia— pero a la que fuera de mí no podía otorgar la menor validez ni verosimilitud y de la que por consiguiente no me era permitido dar el menor atisbo.

—Qué bien te explicas, tía, y qué bien te comprendo —apuntó la sobrina acaso en busca de una réplica contradictoria o de un largo y reprobatorio inciso.

—Supe entonces —prosiguió la señora— o por aquel entonces, que la mejor concordancia del individuo con sus propósitos se alcanza con aquellos que se conciben y realizan en secreto y silencio, que no se comunican a nadie, ni a la persona de la más estrecha intimidad; y que tal satisfacción para ser completa y congruente con sus principios a la postre ha de ser callada; y eso me lleva a pensar, a veces, que la historia de nuestra raza y de nuestro pueblo puede ser mucho más venturosa de lo que se dice y cree, pues sólo se narra lo que por insatisfactorio ha pasado en mayor o menor grado a ser compartido, mientras un íntimo e incomunicable residuo de plenitud, reacio a ser transmitido por la palabra e inasequible al estudio, quedará siempre velado por un pudor que se extiende incluso a las relaciones con el ser amado.

—De eso justamente quería hablar —interrumpió la sobrina— porque acerca del ser amado tengo unas cuantas ideas interesantes y, a mi entender, bastante originales.

—Procura —respondió la señora con calma pero con patente malestar, acaso motivado por verse obligada a introducir un inciso— tener respecto al ser amado las menos ideas posibles; no soy muy aficionada a dar consejos, y menos de ti, pero éste es uno que no puedo ahorrar.

—Sin duda, tía —dijo la sobrina con cierto ardor, al tiempo que estiraba el cuello y la falda y empinaba la barbilla—, pero es a todas luces imprescindible tener una idea sintética del ser amado.

—¿Has dicho sintética? —preguntó la señora, una vez más empujada por cierto asombro que no quería traslucir.

—He dicho sintética. Eso es exactamente lo que he dicho: sintética.

—Ya —dijo la señora—. Tal vez tengas razón. No

lo voy a discutir. Yo no he sintetizado nunca. No creo haber sintetizado nunca y por eso no puedo discutir las ventajas que pueda tener sintetizar al ser amado.

—Yo no he dicho que haya que sintetizar al ser amado; tan sólo he dicho que hay que tener una idea sintética de él.

—Malamente podrás tener una idea sintética de él si no lo has sintetizado previamente. Pero te repito que no quiero discutir porque a duras penas sé lo que es sintetizar o tener una idea sintética de cualquier cosa, sea amada o no. Pero incluso si lo sintetizas déjame que te diga una cosa; sintetizado o no sintetizado deja al ser amado en paz; tanto si lo tienes como si no, déjalo en paz. Ya sé que en cierto modo —prosiguió la señora con firmeza y cierta premura, atenta a la respuesta que tenía preparada su sobrina y que quedó en el aire, en un escorzo de su cabeza ridículamente heráldico— me encuentro haciendo una apología de la reserva que, para las normas generales de nuestra educación, fácilmente puede derivar hacia el mal; pues según esas normas en cuanto el prójimo no recibe, en todos los órdenes, el mismo tratamiento que el yo se está llamando a la puerta del mal. Toda norma general es una simplificación y la moral tiene que partir de un —a veces estrafalario— considerable desdén hacia la intimidad del pensamiento que cuando menos (como diría aquel inglés que habitó esta casa, hace bastantes años) es objetable. Pero toda moral es brutal, no puede entrar en la consideración de los detalles, y procurará siempre retraer al individuo pues para emparentarlo y hermanarlo a su semejante es necesario abstraer lo que no tiene en común con él. ¿Y no es eso precisamente su individualidad? ¿No es, si me apuras, lo único que tiene? No digo lo más precioso sino lo único propio, lo que por estar en permanente pugna con la ley le permite aceptarla y obedecer al código en una suerte de clandestina traición, en la simoníaca venta diaria de sus más no enajenables principios. Oh no, no existen modalidades de la personalidad que puedan encauzarse plenamente mediante las normas de la moral, eso es tan sólo un arbitrio para eludir una oposición insoluble e insostenible. En mis ratos de ocio he frecuentado a algunos autores, sobre todo a algunos de la Antigüedad que meditaron sobre los diferentes caminos que se le ofrecen al hombre para alcanzar la felicidad; es una palabra que ya de por sí molesta y crispa, que sólo si se utiliza con cierta frecuencia para banalizarla dejará de hacer daño, que todo invita a volverle la espalda y que sólo los moralistas son capaces de soportarla. Los moralistas son como los curtidores y los tintoreros, acostumbrados e inmunes a los ácidos y anilinas más nauseabundos, siempre con los dedos manchados para vender una mercancía irreprochable. Pero me pregunto ¿cómo se puede derivar la felicidad de los actos?, ¿y para qué?, ¿para bendecir este acto y maldecir aquel otro?, ¿y de qué puede servir una tal felicidad si para conservarla hay que seguir actuando? No; prefiero no hablar de eso pero para que no abrigues la idea de que me he limitado —a causa de una existencia que habiéndome concedido muchas satisfacciones está empero gravada por un original sinsabor— a rechazar todas esas doctrinas que concluyen en normas eficaces que seguidas al pie de la letra otorgan la beatitud, te diré que no puedo creer en esa condición biológica de la felicidad que reconoce el acto como el agente seminal que fecunda una matriz insuficiente por sí misma para engendrarla; que todo colmo procedente de fuera tiene su espalda y que para mí una especie de virginidad ajena a cualquier entorno renace en el momento del acmé; que participo de una concepción andrógina del destino; que toda conducta dirigida por un «haz esto y no hagas aquello» puede conducir tanto a la euforia como a la melancolía y que esa armonía, consigo mismo, que tampoco es preservativa del dolor, en uno mismo concluye —aun cuando el mundo se venga abajo— y que por consiguiente será tanto más capaz de conseguirla quien —distrayéndolo, reprimiéndolo, no concediéndole un momento de atención, dejando que se apague— sepa callar su descontento.

Junio

—¿Le puedo servir en algo? —preguntó, observándole por encima de los lentes montados sobre la punta de la nariz.

El parroquiano no respondió, era de pequeña estatura. Había extraído de un estante una camisa envuelta en papel celofán y trataba de leer la etiqueta cosida en el interior del cuello. Se aproximó a la puerta para gozar de más luz y poder leer el precio a la distancia que daban sus brazos; luego la devolvió a su sitio y extrajo otra de color azul celeste, con rayas blancas verticales. Supuso entonces que aquel hombre, que seguía dándole la espalda sumido en la penumbra, tenía para rato y decidió volver a su puesto tras el mostrador aunque con poca esperanza ya de poder reanudar sus cuentas —o una cuenta menor, sobre un papel de estraza—, persuadido por la experiencia de que la inoportuna visita había desbaratado sus planes para toda la tarde. Cuando volvió a levantar la mirada el parroquiano se había trasladado por el extremo en penumbra de la tienda, casi fuera del alcance de su vista, hasta el perchero donde colgaban unos cuantos trajes de confección que había adquirido hacía años y no habían tenido buena salida a pesar de su módico precio. Había seleccionado un terno de color amostazado y de nuevo se acercó a la puerta, alzándolo a todo lo que daba su brazo, para estudiarlo a la luz de la tarde. Entonces le reconoció, dejó las gafas sobre el mostrador, olvidó las cuentas y fue a saludarle y estrecharle la mano.

—Abdón —le dijo—, pero hombre, Abdón, cuánto tiempo sin verte por aquí. No te había reconocido. ¿Se puede saber qué te trae por esta casa?

El otro no respondió, demasiado absorto en su examen; devolvió a su lugar el traje de color amostazado y descolgó otro, de tonos más oliváceos y con rayas anaranjadas, que de nuevo aproximó a la puerta para estudiarlo con los ojos entornados, por delante y por detrás.

—¿Andas buscando un traje? Esa talla a ti no te presta —le advirtió—. Dime qué es lo que andas buscando. Hace años que no te dejabas caer por aquí, no hay quien te eche el ojo encima. ¿Y cómo van las cosas por allí arriba?

Cuando hubo concluido su examen dejó el terno sobre el mostrador, sin sacarlo de la percha, y de nuevo se acercó al estante de las camisas sin pronunciar una palabra. Entonces se dijo que lo tenía que haber reconocido no sólo por su chaqueta de hule amarillo que había dejado en una silla —aquella chaqueta con una larga historia, todo un gallardete— sino por la inconfundible hosquedad de aquel hombre pequeño y fiero que aun de espaldas (o sobre todo de espaldas, como la mayoría de los profetas y visionarios) imponía su presencia.

—Ésa no es tu talla, Abdón. Dime lo que andas buscando y te buscaré lo que más te convenga.

El otro no parecía escucharle. De nuevo rebuscó entre las camisas pero no encontró ninguna de su agrado. Volvió al mostrador, desabrochó la chaqueta del traje oliváceo, la extrajo de la percha y la contempló un buen rato manteniéndola sujeta por las hombreras.

—Ésa es grande para ti. Si andas buscando un traje ven por aquí que te puedo enseñar algo que te va a convenir. Y a un precio muy interesante. Pero hombre, Abdón, el tiempo que no bajabas por aquí.

El otro le interrumpió:

—¿A cómo está este traje? —preguntó, sin dejar de observar y medir la chaqueta, tras abrochar de nuevo sus botones, aparentemente complacido de su apresto.

—Vamos a ver —respondió Honorio al tiempo que recogía los lentes del mostrador, extraía una etiqueta atada a la percha y dudaba acerca de lo escrito en ella—. Está un poco caro pero además no es tu talla. Te puedo enseñar algo que te va a convenir mucho más.

—¿Caro? ¿Por qué caro? —preguntó Abdón.

Honorio aproximó su vista a la solapa de la chaqueta, con un instantáneamente renovado interés, acaso buscando en su memoria una explicación al precio anotado en la etiqueta y a la mala acogida que en su día había tenido el género.

—Es un género que ya no se fabrica. Lo que viene ahora ya no es lo mismo —arrimó el ojo a la manga, cuyo paño estiró entre ambas manos—. Lo que hay que ver es la calidad del paño. Esto ya no se fabrica ahora. Lo que ahora viene es otra cosa, más de diario.

—Si no se fabrica será porque no es bueno —sentenció Abdón—. ¿Cuánto tiempo lleva ahí colgado? Seguramente no baja de cinco años que está en la percha.

Honorio acusó para sus adentros el golpe pero supo aguantarlo y disimularlo con sus maneras de honrado comerciante.

—Te equivocas, Abdón, te equivocas. Precisamente si no se fabrica es porque es demasiado bueno. Éste es un traje para toda la vida, para gente que sabe apreciar la calidad. Y eso ya no interesa a los fabricantes de ahora que sólo trabajan el género de diario. ¿No lo comprendes? Ahora todo lo que se fabrica es para que dure poco.

—Será para toda la vida si no se usa, como es el caso. ¿Cuánto tiempo lleva ahí colgado?

Era la pregunta que más le podía mortificar, a la que no sabía ni debía ni quería responder a no ser con una media verdad que ocultara el fracaso de una operación que tenía casi olvidada.

—No hay que fijarse en eso, eso es lo de menos. Además, no creas que lleva tanto. La culpa es del público que no entiende y se deja engañar por el precio. Se llevan sólo lo barato, sin mirar la calidad.

Sin saber muy bien por qué comprendió que ante Abdón tenía que recurrir, antes que a las alabanzas al género, a los principios económicos, comerciales y morales que informaban su negocio y garantizaban su honestidad.

—La gente no piensa en el mañana. La mejor manera de tirar el dinero es comprar barato. Lo barato es caro. La gente no sabe lo que hace.

—Yo tampoco lo sé —dijo Abdón—. Y a lo que veo tú tampoco, pues no sabes lo que vale ese traje ni el tiempo que lleva colgado en ese rincón.

—No más de un par de años, puedo asegurarlo. No lo ha tocado nadie, está como el primer día. Fíjate en la calidad del género. —Arrugó con gesto enérgico el extremo de la manga y dejó que recobrara su forma sin una arruga—. Mira qué apresto tiene. Si quieres un traje para toda la vida, llévatelo. Pero tendrás que buscar un sastre que lo ajuste a tu medida. No sé si vale la pena, Abdón, sinceramente te lo digo. Lo mío es vender pero no puedo engañar a un amigo. Ahora que si te empeñas te lo puedo dejar al precio de entonces, como el primer día.

—¿Qué entonces? ¿Qué primer día?

—Quiero decir el precio que está marcado. El que pone en la etiqueta. Me olvido de lo que ha subido todo, sólo por tratarse de ti y porque sé que necesita un arreglo que no sé cuánto te puede llevar. Ya ves que no intento engañarte, lo que quiero es que te marches contento. Mil doscientas sesenta, un precio regalado, tratándose de ese género. Hoy no lo encontrarás por menos de mil seiscientas o dos mil, suponiendo que lo pudieras encontrar. Estos géneros ya no se fabrican. Así son las cosas. El público no entiende.

—Yo tampoco entiendo —repuso Abdón y con cierto ademán de resignación apartó un tanto el traje sobre el mostrador para dar a entender que renunciaba a él—. Lo único que entiendo es que he estado perdiendo el tiempo.

—No te entiendo, Abdón, no entiendo lo que quieres decir. Pero lo que te puedo asegurar es que no tiras el dinero si te llevas ese traje.

—He perdido el tiempo. Tenía que haber comprado ese traje hace dos años por novecientas veinte pesetas.

—¿Por qué por novecientas veinte pesetas? Francamente, Abdón, no te entiendo.

—Si ahora vendes por mil doscientas sesenta lo que vale mil seiscientas, según tus propias palabras (y por no decir dos mil), bien podías entonces haberme vendido por novecientas veinte lo que entonces valía mil doscientas sesenta. La cosa está bien clara, basta hacer la diferencia. Y eso sin contar los intereses de esas trescientas cuarenta pesetas durante dos años que bien se pueden estimar en ochenta y una pesetas, al doce por ciento simple. Comprenderás que no es justo que sea yo quien tenga que correr con el aumento de precio porque tú no sepas vender las cosas a su tiempo. Así que mejor será dejarlo por esta vez

—dijo Abdón y tras echarle una mirada de despedida tomó de nuevo el traje por el gancho de la percha para colgarlo en su sitio en el rincón en penumbra.

—¿Pero de qué aumento de precio estás hablando? Espera un poco —dijo Honorio desconcertado—, ¿quién ha dicho nada de aumentar el precio? Espera un poco —repitió con un tono de súplica, al tiempo que tomaba asiento en una de las sillas destinadas a los clientes, junto al mostrador. El razonamiento de Abdón había diezmado sus ideas, casi le cortó la respiración en el vano intento de seguirle. Una manera tan rápida de echar las cuentas no admitía para él contestación posible bien porque así acertara a encubrir el posible sofisma, bien porque lo trasladara a un orden aritmético en el que tan difícil, poco menos que imposible, le era entrar. Y por si fuera poco venía a abundar en el mayor motivo de sus preocupaciones, las únicas que le podían quitar el sueño, que a nadie confesaría jamás. Apoyó el codo en la rodilla y se tomó la frente con la mano que luego dejó caer entre las piernas abiertas, aturdido por la flemática seguridad de Abdón y decidido a tomar otro camino para concluir la operación.

—Espera un momento —repitió tras una larga pausa—. ¿Tú cuánto estás dispuesto a dar por el traje?

—Estaba dispuesto a dar por él lo que vale —contestó Abdón con aplomo, desde el perchero en sombras— pero me parece que ni siquiera tú, que tienes la obligación de saberlo, me puedes decir cuánto es.

Parecía inexpugnable. Todas sus respuestas, así lo temía, eran certeras y aparentemente dominaba con seguridad el campo de los números que tantos quebraderos de cabeza producía a Honorio. A Honorio siempre le había despertado aquel hombre una mezcla de respeto y recelo. Se le tenía por medio loco pero nadie en el valle osaba replicarle, vulnerarle o levantar contra él testimonios no probados. Vivía como un hampón y sin embargo no sólo tenía dinero sino que era el primer socorro del necesitado. Se decía también que cualquier día podría recibir una manda considerable, recompensa de su desinteresada adopción, años atrás, de una criatura destinada a recibir en su día una de las mejores herencias de toda la comarca. Prestaba, en ocasiones sin interés, y con frecuencia vivía rodeado de unos cuantos rufianes montaraces pero en torno a él siempre reinaba la paz; y por si fuera poco se decía que además de o a cuenta de un pasado más ilustre y desahogado gozaba de una extensa cultura, había hecho ciertos estudios y poseía poderes visionarios; adivinaba los males de algunas almas errantes y dictaba unos remedios que nunca eran mal recibidos. Por el momento no parecía ajeno a las preocupaciones de Honorio y aunque no hubiera penetrado en ellas sin duda se había percatado, cosa que venía de lejos, de su inconfesada incapacidad para ciertas operaciones que tenían que ver con el negocio de todo comerciante.

—No creas que pretendo engañarte —confesó Honorio—. Solamente te he pedido el precio justo, lo que está marcado en la etiqueta y para nada he hablado de un aumento. Eres tú quien lo ha dicho. Pero si tanto te gusta el traje te puedo hacer una rebaja, aunque ya sabes que no es mi costumbre.

Era cierto, él nunca regateaba. Se consideraba a sí mismo un comerciante serio y aunque dueño de un negocio que al no tener competencia en muchas leguas a la redonda le podía permitir ejercer a su antojo el despotismo del precio, nunca abusaba de él. Por eso mismo tampoco se permitía entrar en el regateo y presumía de no haberlo practicado nunca, una costumbre para gentes de otro jaez.

—¿Te lo quieres llevar por mil? —preguntó con cautela.

—¿Por mil? ¿Por qué por mil? ¿Es acaso ése su precio?

Al instante comprendió Honorio que había cometido un desliz del que se podía aprovechar Abdón, pero no sólo no vio la manera de enmendarse sino que, casi contra su voluntad, se vio irreprimiblemente empujado a seguir por el mismo camino, aunque condujera al desastre:

—¿Por novecientas veinte?

—¿Por mil? ¿Por novecientas veinte? ¿En qué quedamos? ¿Crees, Honorio, que es ésa la manera de cerrar un trato?

—Te he dicho novecientas veinte porque tú mismo dijiste que es lo que habrías estado dispuesto a pagar por él hace dos años. No niegues que lo has dicho, Abdón, no me gusta que me tomen por mentiroso. Tú sabes muy bien que esta casa es seria y que nunca regateo.

—No he dicho nada de eso, Honorio, no me has comprendido. Nunca te he tomado por mentiroso pero sí por un poco tardo. Tan sólo he dicho que si lo hubiera comprado hace dos años por novecientas veinte ahora tendría en mi poder un traje que puede valer —y no digo que lo valga, eso lo dices tú— mil doscientas sesenta. Eso es todo lo que he dicho, ni más ni menos, y a mí tampoco me gusta que se dé a mis palabras otro sentido que el que tienen.

—Escucha, Abdón —dijo Honorio, tomando de nuevo asiento sobre la silla del cliente—, déjame de complicaciones sobre lo que hiciste y dejaste de hacer. Dame novecientas veinte, llévate ese traje y asunto concluido.

—Nada de eso —repuso Abdón—, de ninguna manera. Comprenderás que no voy a comprar ahora por novecientas veinte lo que podía haber hecho hace dos años.

—No veo por qué no. El traje es el mismo y el dinero cada vez vale menos.

—Justamente, eso sí que sería tirar el dinero. Aun sin tener en cuenta los intereses —unas ochenta y una pesetas— eso sería justo suponiendo que el traje valiera novecientas veinte y todo siguiera igual. Pero el dinero cada día vale menos, como tú dices, mientras que el traje según tus propias palabras, sigue siendo el mismo. No es justo, por consiguiente, que quien guarda dinero pierda dinero en tanto que lo gana quien guarda un traje. ¿Comprendes que no es justo?

Honorio sintió que lo que decía Abdón no era justo, pero también comprendió que nunca podría explicarlo y demostrarlo, ni siquiera a sí mismo, instalado en un clima de principios morales nebulosos, reacios a una formulación lógica.

—Escucha, Abdón —dijo Honorio, con creciente impaciencia no tanto por concluir el negocio cuanto por cortar una conversación que le producía vértigo y podía tener funestas consecuencias para su sistema de cuentas y sus escasas, pero firmes, convicciones acerca del valor del dinero—, no te puedo obligar a comprar el traje si tú no quieres comprarlo. Lo que hagas con tu dinero es cosa tuya, ahora y hace dos años, pero no me vengas con teorías en las que no cree nadie. Y guárdate esas novecientas veinte pesetas para cuando encuentres algo que te convenga, sin necesidad de calentar la cabeza a nadie.

—Precisamente, eso es lo que voy a hacer. Por eso mismo no voy a comprar el traje por novecientas veinte pesetas de la misma manera que no lo compré hace dos años. Si entonces me equivoqué al no comprarlo no voy a ser tan necio ahora de enmendar aquel error con otro de mayor cuantía. Es bien fácil de comprender y no trato de ninguna manera de calentar cabeza alguna, y menos la tuya. No me explico cómo no comprendes una cosa tan sencilla.

—¿Cuánto quieres dar por el traje?

—Ya que ninguno de los dos podemos saber lo que vale, te puedo dar por él una cantidad tal que a los dos nos deje satisfechos. Es así como se deben hacer las cosas entre personas honradas. Que no pierda nadie. Pierde cuidado que siempre te he tenido y te tendré por persona honrada. Otra cosa es que no sepas cuánto vale el género que tienes en la tienda.

El otro sintió un lanzazo en el costado y unas crecientes palpitaciones que le produjeron un ahogo y le secaron la boca. Tras unos instantes de recuperación, con los ojos cerrados y la cabeza gacha, preguntó:

—¿Cuánto?

—Lo que yo te pueda dar y a ti te deje satisfecho.

—¿Cuánto? —repitió con voz ahogada.

—Tú estás dispuesto a vender el traje, o lo que sea, ahora mismo y si no lo vendes es culpa tuya. Ésa es la índole del negocio. Mientras que yo no tengo más remedio que conservar mi dinero para poder vivir, tú te ves obligado a guardar el traje contra tu voluntad, quién sabe si por pretender venderlo a un precio que no le corresponde. Así pues, siendo la culpa tuya por no haber sabido vender el traje serás tú el responsable de que yo no lo haya comprado en estos dos años. Por consiguiente, el perjuicio económico debe correr a tu cargo. Eso es lo justo, la cosa está muy clara y no comprendo por qué no la entiendes.

—¿De qué perjuicio económico estás hablando, Abdón? —preguntó Honorio alzando ligeramente la cabeza y entreabriendo los ojos.

—Las trescientas cuarenta pesetas, la cuenta está

muy clara. Y eso sin contar el interés simple a un doce por ciento que es lo normal. Que se pondría en cuatrocientas veintiuna menos.

—¿Cuatrocientas veintiuna menos de qué? ¿Sobre lo que está marcado?

—Sobre las novecientas veinte por las que no te compré el traje hace dos años, por culpa exclusivamente tuya.

—O sea, ¿cuánto? —Honorio se acercó al mostrador, se irguió, tomó un trozo de papel de envolver y con números grandes y torpes hizo una resta que se vio obligado a repasar un par de veces.

—¿Quinientas ochenta? —preguntó con asombro y temor y hasta sofocada e impotente ira.

—Quinientas sería más justo, para tener en cuenta los intereses.

—Tú estás loco, Abdón, estás completamente loco si crees que te puedo dar por quinientas lo que está marcado en mil doscientas sesenta. Para eso prefiero regalártelo.

—No quiero regalos, vengan de donde vengan. Nadie tiene por qué regalarme nada y acostumbro a pagar siempre lo justo, lo sabes muy bien. Lo mejor será que me lo vendas por quinientas ochenta y nos olvidemos de los intereses.

Honorio volvió a tomar asiento junto al mostrador sobre el que apoyó el codo y la mejilla sobre la palma. El otro comprendió que le tenía que conceder un plazo para sus deliberaciones, ignorante de que la mente de Honorio —incapaz de hacer cuentas sin papel y lápiz— no analizaba nada, tan sólo esperaba en blanco una pequeña puja por parte de Abdón y no tanto por el dinero cuanto por el puntillo. Nada hubiera deseado entonces más que la entrada de otro cliente, para dejar a Abdón de lado rumiando la operación, pero como no se produjo ni el otro, fuera del alcance de su vista, modificó su oferta ni agregó comentario alguno, se tuvo que limitar a forzar un gesto de resignación, golpeándose sendas rodillas con las palmas, para pronunciar su sentencia:

—Está bien, llévatelo.

—De acuerdo —dijo Abdón y de una abultada y descosida cartera que guardaba en el bolsillo trasero del pantalón, repleta de papeles, tarjetas y minucias, laboriosamente extrajo un billete de quinientas y otro de cien, ambos viejos y arrugados, que dejó sobre el mostrador no sin plancharlos con los dedos.

—¿Por qué seiscientas ahora? —preguntó Honorio.
—Espero que me devuelvas veinte.
—¿No habíamos quedado en quinientas?
—Cóbrate quinientas ochenta y no lo pienses más; tampoco es para tanto, no vale la pena discutir a estas alturas.

—Ya no sé en lo que habíamos quedado —tuvo que reconocer Honorio al tiempo que cobraba los billetes con aire de disgusto, los introducía en la caja y le devolvía cuatro monedas de cinco mientras Abdón retiraba de nuevo el traje del perchero y lo depositaba sobre el mostrador. Honorio produjo una hoja de papel de envolver, que cortó diestramente con una cuchilla y sobre ella dobló primeramente la chaqueta y luego el pantalón. Cuando se disponía a plegar el papel sobre el traje, Abdón colocó sobre él la camisa azul celeste a rayas blancas envuelta en papel celofán. Honorio tuvo un escalofrío.

—Espera —dijo Abdón—, todavía no he terminado.

Del fondo de la tienda, tras una somera búsqueda que a Honorio se le hizo interminable, volvió con una corbata granate, dos pares de calcetines y media docena de pañuelos.

—Ahora no me vendrás con que... —empezó a protestar Honorio.
—Dime cuánto es eso —dijo Abdón de manera cortante.

Honorio fue retirando una a una las etiquetas de las piezas que Abdón había seleccionado y anotó el precio de los pañuelos tamponado en la caja. En una tira de papel hizo la lista con un lápiz casi completamente consumido, mojando varias veces la mina con la punta de la lengua. Rehizo la suma tres veces y con cierta timidez se la presentó a Abdón.

—¿Cuánto es?
—Lo que dice ahí. Comprueba si está bien la suma.
—Dime lo que dice ahí, que no he traído los lentes.
—Son cuatrocientas treinta y ocho —dijo el otro

no sin cierto temor—. Mira a ver si está bien. La camisa son trescientas quince.

—Bien, bien —le interrumpió Abdón—. ¿Cuatrocientas treinta y ocho? ¿Por qué no va a estar bien?

Del bolsillo lateral del pantalón extrajo un grueso fajo de billetes, de mil buena parte de ellos, y le entregó uno de quinientas, mucho más nuevo que el anterior.

—Cóbrate —le dijo.

Junio

—No sé a dónde quieres ir a parar —dijo su amiga al tiempo que llevaba a sus labios la copa de jerez. Apenas había apurado la mitad de su contenido durante media hora de charla que no deseaba agotar ni concluir por temor a que Mercedes pidiera la nota al camarero, decidida a levantar la sesión. Había advertido en ella simulados y discretos gestos de impaciencia —miradas a la concurrencia y a la calle, a través del ventanal, para adivinar la hora sin necesidad de consultar su reloj— pero estaba decidida a aprovechar la ocasión para extraer sus confidencias y adquirir, con la participación en sus secretos, un cierto ascendiente sobre ella. Pero desde hacía tiempo se resistía a contestar de manera franca a sus interrogatorios y apremiada por sus preguntas en todo momento sabía encontrar el modo de eludirlas y mantener así su situación de independencia. Así lo veía ella: más que como una prueba de amistad y solidaridad hacia una persona que no tenía a nadie con quien sincerarse y, en sus circunstancias, sólo contaba consigo misma para resolver el dilema en que se encontraba, como una pugna por adueñarse de aquel secreto que tantas ventajas podía conceder a quien lo atesorase, a condición de que no lo compartiese. Pues en cuanto fuera compartido tales ventajas podrían trocarse en inconvenientes, los motivos de orgullo en objetos de desdén y la independencia en un tributario vasallaje hacia el beneficiario de tal participación.

Había ensayado con Mercedes diversos artificios ninguno de los cuales le dio el menor resultado. Incluso en un principio llegó a simular —con ese sistema del *do ut des* tan utilizado por las mujeres para revaluar sus secretos o arrancar los de sus amistades, sobre todo cuando van al mercado— que estaba al corriente de sus cosas por habérselas comunicado una tercera persona, cuyo nombre tenía que ocultar para utilizarlo como moneda de cambio, pero pronto se vio obligada a renunciar a la estratagema ante el poco interés que demostró Mercedes por conocer ese nombre y su falta de disposición a pagar un alto precio por esa superflua información. Eso, además, le sorprendió y mortificó porque venía a confirmar la sospecha, un tanto hiriente para su amor propio, de que Mercedes no concedía excesiva importancia a que ciertas personas conocieran sus secretos en tanto se mostraba extremadamente reacia a confiárselos a ella, estableciendo así una diferencia de rango que la situaba en segunda fila, cuando no en tercera, respecto a los privilegios de su intimidad; si a ello se venía a añadir que en los últimos tiempos había intensificado su amistad, desplazando a otras más antiguas, hasta el punto de dedicarle la mayoría de sus ocios, bien podía sospechar que pese a tales progresos en el ánimo de Mercedes no merecía tanto crédito como algún otro menos solícito, menos atento a sus problemas diarios, menos devoto de su amistad y sin embargo más digno de fiar. Semejante proceder venía a abundar además en los recelos, derivados en parte de su personalidad un tanto excéntrica —bastante impropia de su edad—, que despertaba su falta de experiencia en asuntos emparentados de cerca con aquellos que tan en secreto guardaba Mercedes. Como si esa experiencia delimitase una frontera entre dos clases de personas, una de las cuales podía estar al corriente de determinados asuntos —y cualesquiera que fueran sus aptitudes para mantenerlos en la necesaria reserva que parecían exigir—, en tanto la otra, por grande que fuera su entendimiento y su discreción, no estaba capacitada para recibir cierta clase de conocimientos, de la misma manera que algunos credos y legislaciones establecen la insolvencia o la irresponsabilidad del individuo en tanto no ha recibido un determinado sacramento o ha alcanzado una edad. Tal distinción la mortificaba, tanto más cuanto que había consagrado buena parte de sus esfuerzos en demostrar a Mercedes que su falta de experiencia no podía ser aparejada a su incapacidad para comprender su dilema sino todo lo contrario, como un índice de su bien probada aptitud para abordar cualquier clase de problemas, incluso los que se situaban fuera del alcance de sus sentidos, por un método analítico.

Con ello había querido introducir un reproche, réplica al implícito menosprecio en que le había situado el silencio de Mercedes: para venirle a decir que su tan cacareada experiencia sólo podía ser considerada (por un alma fuerte, como la suya) como una degradación de su razón por cuanto entregaba a unos sentidos incoherentes y a una memoria lisonjera el imperio de una conducta que debía regirse desde el intocable centro de la reflexión, cualesquiera que fueran sus pasos por el oscuro y embarrado suelo de las pasiones. Había tratado a todo trance de situarse de igual a igual y, aún más, de colocarse por encima de ella con la habitual estratagema de todo predicador —como poseedora de una fuerza no contaminada— pero pronto tuvo que detenerse, con las manos temblorosas, ante la sospecha de que su mirada (y sin pronunciar una palabra) a poco que insistiera en su argumento podía provocar el bostezo de Mercedes. Si tiene que elegir entre la virtud y el atractivo —pensaba— se quedará con lo último. Por allí —sospechaba— rondaba el mal, una forma invisible y mucho más misteriosa que el pecado. Un mal en permanente vigilia que venía a sumar sus razones a todas aquellas que le inducían a guardar su secreto, que le obligaba a no romper su silencio, que le impedía acreditarla como confidente, que la miraría siempre con desconfianza y vetaría todos sus intentos para entrar a formar parte de su intimidad. Lo comprendió en un instante —con un temblor en manos y rodillas que afortunadamente no fue advertido por Mercedes, con la vista puesta en el ventanal— y vio ante sí la trampa que se había cavado y a la que se vería arrastrada si insistía en su procedimiento, un tanto ingenuo. Al momento decidió cambiarlo y no sin esfuerzo retiró su mano derecha de su regazo y la colocó sobre la de Mercedes.

  Mercedes se sobresaltó como si sobre su mano hubiera caído un filete, una discreta masa de sustancia lasciva y viciada y no putrefacta, todavía viva pero descolgada de su enlace con el universo para buscar su regeneración en un furtivo contacto iniciado para perseverar en la perversión. Una masa sin límites, de húmedos filamentos y granos secos y nervios sueltos y una débil e infinitesimalmente exasperada palpitación llevada a los extremos de sus órganos en busca de una improbable supervivencia.

—¿Cómo es? —le preguntó, aumentando la presión sobre su mano para hacer el contacto más estrecho y sincronizarlo con el tono más persuasivo de su pregunta. Pero Mercedes, un tanto ausente, tardó en recapacitar y sólo acertó a responder tras sostener durante unos instantes de zozobra la mirada de su amiga, para sondear a través de sus ojos el oculto centro de donde emanaba aquel súbito interés.

—¿Cómo es quién? —preguntó a su vez, para darse tiempo de hallar el modo de eludir la respuesta o construirla de la manera más comprometedora.

Su amiga quedó desconcertada. No había preguntado por una persona sino por un acto o un estado y de nuevo comprendió, cuando el tiempo apremiaba y la conversación no podía prolongarse mucho más, que la introducción de aquel molesto pronombre le obligaba por el momento a renunciar al objeto que andaba buscando y trocarlo por otro, para no denunciar una vez más las intenciones de su curiosidad.

—Cómo es él, quiero decir —preguntó de nuevo, al tiempo que aligeraba la presión de su mano.

Mercedes no dio un suspiro sino que exhaló una bocanada de aire, vaciando sus pulmones al tiempo que observaba el ventanal, decidida a sacudirse de aquel asedio. Sin embargo, aún se tomó un tiempo para pensar la respuesta y tras un sorbo al fondo de cerveza que ya no le apetecía, dijo:

—Es un farsante.

Comprendió que por el momento lo había conseguido porque su amiga al momento retiró la mano. Pero sabía que volvería a la carga, y quizá con más denuedo, por lo que decidió aprestarse a la defensa.

—No te entiendo; no te entiendo —dijo, sin atreverse a seguir, tal era la indiferencia y el aplomo que denotaba Mercedes. En verdad que no lo entendía; toda la conversación había girado en torno a aquel sujeto, sin mencionarlo en ningún momento, cuya identidad le interesaba por el momento menos que la clase de relaciones que mantenía con Mercedes; a sí misma se había trazado una línea de indagación muy precisa, que en una primera fase podía prescindir de nombres propios siempre que le confiara el estado en el que se encontraba y la clase de problemas que debía resolver. Lo otro vendría luego. Pero aquella opinión ponía de manifiesto una cierta tranquilidad de espíritu, un régimen que a pesar de cohabitar con el mal vivía en orden, y una cierta flema para reputar los problemas derivados de su trato con él como de segundo orden. Y de nuevo volvía a abrir el insoportable abismo que le separaba de las personas que vivían en el pecado. Con sólo pensarlo sintió vértigo, casi perdió la visión y la saliva, un irrefrenable temblor sacudió sus rodillas y no sin hacer un considerable esfuerzo se levantó de la mesa y se llegó hasta la barra para pedir un vaso de agua —la mitad del cual se bebió de un trago— y poder seguir haciendo uso de la palabra. Un indiscreto espejo, bastante deteriorado, la enfrentó a su cara sobre una ringlera de botellas en el mismo momento del vértigo, su mente cruzada por una banda negra como un indescifrable blasón: ni un solo rasgo anormal —se dijo— en una cara cubierta por la pátina de una anacrónica y abyecta virginidad, una flor repentinamente etiolada por la falta de riego y forzada hasta su hiperbólica enajenación en una sonrisa, a duras penas aceptada por una mirada cohibida y secuestrada, incapaz de comprender su encierro. Entonces vio muy lejos una multitud, confundida con las manchas y motas del viciado azogue, de no-hombres y no-mujeres situados más allá del abismo, hermanados en su secreto y congregados para un viaje de vacaciones por el agente del mal, que hacia ella volvían al unísono sus miradas como si se tratara de una figura en el pórtico de una catedral; no-hombres y no-mujeres que habían probado el fruto prohibido, animados de la estulta, pagana y de antemano pagada alegría de los turistas de autobús, que observaban sin asombro la pétrea figura de una virtud abolida, incapaz de abandonar su solio ni expresar su vergüenza en tanto la muchedumbre volvía a darle la espalda.

Cuando regresó a la mesa y de nuevo tomó asiento tardó en verla de nuevo como su amiga, irreconocible tras el velo de su secreta confesión. «Ama el mal» —se dijo— «y por tanto es doblemente malvada. Yo lo seré tres veces. Mañana mismo».

—¿Farsante, has dicho?
—Un completo farsante —dijo Mercedes.

De repente comprendió que tenía que decirlo; recobró sus fuerzas, olvidó el vértigo y superó el temblor para, casi de manera involuntaria, soltarle a grandes voces:

—Estás perdida. Le desprecias y le quieres. Completamente perdida. Lo veo claro, ahora lo veo todo muy claro.

—Tú todo lo ves muy claro —dijo Mercedes al tiempo que sacaba el monedero del bolso para abonar ambas consumiciones. Con el pretexto de llamar al camarero, giró en su asiento, le dio la espalda y cortó la conversación.

—No tenía que haberte dicho eso.

—No tenías que haberlo dicho —dijo Mercedes, al tiempo que se levantaba de su asiento para dirigirse al mostrador, a abonar las consumiciones— pero lo has dicho.

Se mordió el labio inferior pero el arrepentimiento duró poco y entreabrió la boca —como accionada por una ficha— cuando reparó en el bolso de Mercedes sobre la mesa. Se había alejado de la mesa hasta el extremo del mostrador donde se hallaba la caja, con el ticket en la mano y en espera de la cajera. Con un disimulado toque hizo girar al bolso sobre sí mismo para encarar su abertura y con dos dedos extrajo una cartera de piel granate, bastante gastada, que ya conocía de vista y de la que asomaba el inconfundible ribete de una fotografía. Arrimó la silla a la mesa, adelantó el cuerpo, enderezó la espalda y estiró el brazo hasta posar enlazadas ambas manos sobre el bolso en un gesto despreocupado y beatífico, mientras observaba fijamente la espalda de Mercedes y medía el tiempo con que contaba hasta la llegada de la cajera y cuando se sentó en el taburete y se colocó las gafas para leer el ticket, extrajo y abrió la cartera con la izquierda y con mano diestra —una mano ejercitada en el naipe o en el ganchillo o en el teclado, un órgano musculado por un permanente y casi siempre ocioso ejercicio y que parecía exigir una total autonomía para llevar una vida muy diferente a la del cuerpo al que pertenecía— barajó unas cuantas fotografías alojadas en un rayado compartimento de celuloide y de las que seleccionó una que estudió durante el plazo que necesitó Mercedes para abonar la consumición y recoger el cambio.

No era un hombre joven pero tampoco maduro. Tal vez se mantenía en una epicena e inactiva edad en espera de una fortuna con la que entraría en la madurez. Pero había esperado demasiado, despreocupado de los rigores del tiempo y encastillado en una irreductible jactancia que le impedía la menor claudicación, la más ligera tentación a caer en un impropio empleo de su futuro. Se diría que manejaba su orgullo —y algunas otras virtudes menores— como una apuesta, para un solo envite a la única oportunidad que le merecía respeto. En escorzo había vuelto su cara al operador para dejar ver una sonrisa con los labios cerrados, tan sólo dibujada con un débil pliegue de la mejilla, con el que insinuaba el secreto de su alma, celosamente guardado tras una máscara de agraviada hombría, de reconocida solvencia viril, que solamente abriría (una perversa promesa de futuras delicias conyugales) a quien supiera comprenderle. Era un guapo —con entradas y bigote recortado, un tanto agalanado—, un guapo de pueblo con destellos perláceos, que sin duda había acertado a confundir a Mercedes con una mezcla de atracción y vergüenza. «Un farsante», había dicho ella con un deje de satisfacción, con el acento de remendada y vulcanizada superioridad de la señorita de buena clase, apegada a sus formas de hablar y seducida más por el peligro que por la amenaza porque para los suyos —tras casi un siglo repitiendo un mismo catecismo— no formaba parte del enemigo sino que constituía la inevitable y minúscula y voraz excrecencia de su sólida y natural sociedad, salida de un mundo no visible y apenas audible y tan sólo dispuesta a devorarles por un propósito biológico independiente de los destinos humanos.

Antes de devolverla al compartimento de celuloide comprendió la exacta correspondencia entre la frase y la fotografía. No podía ser otro. «Un farsante». No tuvo que esperar a más ni saber más, espoleada por el breve plazo que le concedió el abono de la consumición, guiada por la sospecha y sostenida por esa agudización de los sentidos cuando trabajan para una voluntad clandestina; dotada también del don de anticipación que le permitió escoger casi a ciegas la fotografía que andaba buscando, de entre media docena de ellas, y leer con una sola y gallinácea mirada el tácito texto condensado en ella, en caracteres cifrados pero más directos que los del alfabeto —sin sílabas ni articulación, como las siglas que resumen la fórmula de un producto temible de aspecto inocuo, encerrado en un frasco.

Un texto simple y expresivo pero no pensado para alguien en particular. El mismo don que le permitió adivinar lo que había leído Mercedes, tan sólo los caracteres impresos con olvido de aquellos ocultos que sólo advertiría quien no se conformara con los primeros, tan evidentes en cuanto devolvió la fotografía a su compartimento y la cara quedó empañada por la transparencia del rayado celuloide que disolvió la máscara y reveló el alma: en lugar del apetito y la ambición, la sumisión; la carencia de escrúpulos se tornó en la obediencia al más fuerte y la jactancia en debilidad; la violencia de sus propuestas tan sólo denunciaba la mansedumbre con que aceptaría la ley de quien supiera conquistarle.

Octubre

—Quiero creer que lo adiviné en aquel momento, en el portalón de la casa, cuando sin verle comprendí (con el hueso en la boca) que se había ocultado en el recodo del camino de entrada y que aún estaba a mi alcance, a este lado del río; y cuando llegué al puente no había en esta tierra una persona más firme que yo, tan firme como para avanzar sin una vacilación por un terreno en el que no veía nada porque nada había en él, ¿entiendes? Nada. Ni siquiera esa amiga de la infancia (que incluso también ha podido conocer la adversidad) que constituye el primer refugio seguro y el primer socorro de las heroínas de las narraciones románticas que, como yo, lo pierden todo en un solo día. ¿Lo entiendes? Todo.

—Mi comprensión es grande, tía —apostilló la sobrina, rebajada su voz el mismo grado que la claridad de la estancia, sin moverse de su asiento ni modificar su postura; tan sólo asintió con la cabeza repetidas veces para, a falta de alguien que lo hiciera por ella, dar a sus palabras la fuerza de un asentimiento.

—Lo dudo, lo dudo mucho. Lo he dudado siempre. No he estado nunca segura de tu comprensión ni de la de ningún otro. No he contado con eso y he sabido arreglarme sin la ayuda de la comprensión y en la seguridad de que nunca habría de necesitarla, ni desearla siquiera como un premio póstumo y poco menos que inútil. Lo reconozco, siempre fui desconfiada; es el precio que la seguridad en sí mismo tiene que pagar para afianzarse hasta ese momento en que nada, ni siquiera la traición, le fuerce a perder su aplomo; y entonces podrá observar la tierna edad del recelo como ese estado larvado en que el individuo, carente de alas, tenía que revestirse de algodón y espinas. ¿Y sabes por qué he sido desconfiada? Sencillamente, porque la analogía hace mucho daño. Tengo miedo de la analogía y te aconsejo que vayas con cuidado con ella y procures caminar por esta vida con el menor número posible de parentescos. Cuando llegué al estribo del puente (con el hueso en la boca) tenía todavía en mi poder un arma que bien aprovechada y utilizada me había de permitir superar las más inmediatas dificultades: estaba sola, no tenía a nadie (ni siquiera a esa amiga de la infancia), no debía nada a nadie y, por encima de todo, no contaba siquiera con esa lejana y problemática ayuda que por lo general sólo sirve para prolongar el cautiverio de la necesidad; que si no acierta a socorrer llevará a buscar otra que, más lejana y problemática aún, usurpará el puesto de la única persona que debe y puede atenderte a tu plena satisfacción: tú misma. Y si socorre no será ciertamente para resolver tus tribulaciones sino, antes bien, de manera insidiosa y acomodaticia introducirte en la despreciable secta de los amigos de la caridad. No tenía nada ni a nadie —ni siquiera esa bondadosa amiga de la infancia, siempre dispuesta a acogerte unos días bajo su techo a cambio de una hipócrita amistad lastrada por la deuda— y por consiguiente como un animal de monte podía hacer un uso pleno e ilimitado de mí. Con qué frecuencia los lazos de la amistad, el parentesco y la deuda no son, bajo el disfraz del socorro, más que correas y ataharres con que tener bien sujeto a un yo que cuando sólo cuenta consigo mismo no tiene que obedecer a una dirección ni conformarse con las costumbres dominantes ni regirse por otra regla que la de una voluntad de dominio ortogenéticamente derivada del instinto de supervivencia.

La señora hizo una pausa, en espera tal vez de una interrupción de su sobrina. Pero quizá su sobrina adivinó sus intenciones y no la interrumpió.

—No era ésa la menor razón para seguir el camino opuesto al suyo, por la margen izquierda del río, con el hueso de aceituna todavía en la boca y más allá del poyo. Pues desde el primer instante tras el divorcio tenía que hacerles saber que por nada del mundo le perseguiría, que jamás seguiría sus pasos y que si el reencuentro se había de producir un día sería por la coincidencia casi fortuita de dos trayectorias antagonistas. Sí, en aquel mismo momento creo que tuve la premonición de lo que había de venir: un lapso ilimitado de soledad tan sólo metrado por la convicción de que un día u otro intentaría volver a mí y que, a causa de su timidez o de la magnitud de su falta, no lo haría sin estar plenamente persuadido del buen resultado de su iniciativa. Porque la falta era suya, no de su padre, y así se lo dije. Puestas así las cosas —y también lo comprendí al momento, antes de llegar al puente— la senda más difícil era la más prometedora, la más larga también pero la única que podía conducir al punto donde yo inexorablemente tenía que llegar, es decir, primero a mi independencia y después al dominio sobre los que me habían humillado. Incluso sobre los que habían precedido a los que me habían humillado, los innominados —y tal vez austeros, fuertes y virtuosos, rodeados de una población soez, hostil y degradada— creadores de aquella odiosa tradición. No era un deseo de venganza, no tomes mis palabras por lo que no son. Si quería dominarlos no era para humillarlos a mi vez, y lavar la afrenta con otra afrenta, sino para terminar para siempre con tanta humillación y vergüenza, para borrar de estas tierras toda esa hereditaria miseria. Así que cuanto antes tenía que abandonar su territorio, aunque fuera sirviendo en los puestos más humildes y denigrantes, obligada a sobrevivir en un lugar distante, lejos de su influencia. Pero sabía que eso no sería lo más arduo; es más, casi estoy por decir que entonces consideraba aquella etapa como la más sencilla —pues nada es más fácil que salir adelante cuando se carece de vínculos, con unos pocos escrúpulos de poca monta— y el tiempo vino a demostrármelo. Pues si había elegido aquella senda sin ninguna clase de vacilaciones es porque, como coronación a mi esfuerzo, me había impuesto una suerte de premio cuya concesión estaba fuera del alcance de mis facultades y en esas circunstancias ¿cómo no iba a alcanzar lo que estaba dentro de mis posibilidades si había situado mi meta más allá de ellas? No te estoy hablando de una distinción espiritual, como la que promete la fe...

—¿A qué te refieres, tía? —preguntó en esto su sobrina.

—Me refiero a un orden, o si quieres a un espacio, de muy difícil definición y que, por ende, ha ocupado muchas horas de pensamiento de la humanidad, con un resultado más que incierto por no decir dudoso.

—Me parece que sé a qué te refieres, tía —repuso la sobrina.

—Lo dudo. Lo dudo mucho. Creo, en cambio, que has oído hablar de ello pero nunca has tenido una idea clara de lo que ese orden significa.

—Quiá —contestó la sobrina.

—Lo cual no quiere decir nada en desfavor tuyo; no tienes por qué sentirte avergonzada de ello si piensas que tan sólo unos pocos elegidos pueden presumir de haber alcanzado la comprensión de ese orden.

—Te equivocas, tía —repuso la sobrina con terquedad, aprovechando las sombras que la rodeaban para hacer uso de un tono de firmeza un tanto hiriente, tanto hacia su tía cuanto hacia la penumbra que posiblemente no era muy de su agrado.

—Me importa poco equivocarme o no —dijo la señora.

—Te equivocas, repito, porque teniendo al respecto ideas muy claras apenas he prestado oído a lo que dicen los hombres, a fin de mantener incólumes mis convicciones y aun a costa de no doblegarme ante sus impulsos.

—¿Impulsos espirituales?

—No siempre, tía. No siempre. He advertido que las exhortaciones más desinteresadas resultan con frecuencia las más obscenas y hace tiempo que he aprendido a distinguir entre la verdad y el error. Por eso, entre otras cosas, digo que te equivocas.

—Yo, por el contrario, hace tiempo que he renunciado a distinguirlos, de tal manera son capaces de disfrazarse uno del otro. En cuanto a lo otro te diré que he puesto siempre mi armonía por delante de mi razón y por eso nunca me ha importado gran cosa equivocarme; con eso quiero decir que el atentado contra la lógica siempre me ha parecido menos grave que el cambio de rumbo de una línea de conducta que incluya a la lógica entre las disciplinas que la informan pero que en modo alguno puede permitir que se erija (la lógica) en su principio rector, a costa de la influencia de otras fuerzas que gozan de tanto derecho como ella en la dirección de los asuntos del alma. Por citar un ejemplo, no era precisamente la lógica la que me insinuó la conveniencia —en aquel momento decisivo, en la margen izquierda del río y todavía con el hueso en la boca— de dejarle seguir su camino, de no cruzar el puente y tomar el otro camino, pasado el hito, opuesto a sus pasos. La lógica es siempre de corto alcance, se atiene exclusivamente a la rectitud de la proposición que tiene ante sus ojos y sólo se permite elevar sus juicios párrafo a párrafo, desentendida de la totalidad del texto —a cuya comprensión total sólo puede llegar por la iteración de sus comprobaciones puntuales— y, lo que es peor, incapaz de adivinar la finalidad de un discurso cuya intención no esté expresa en todas y cada una de sus cláusulas. Por consiguiente, si rechazaba como improcedente —e inconexo con todos los inmediatos anteriores— mi gesto de retroceso ante el puente y mi decisión de seguir un camino, más allá del poyo, opuesto al que él había adoptado —sin pensarlo dos veces, impulsado por la confusión que le había invadido tras los sucesos de la noche anterior y tan sólo espoleado por el deseo de dejar atrás tanta degeneración, en la idea de recuperar el buen juicio y la rectitud de conducta lejos de aquel ambiente enrarecido—, ¿cómo podía adivinar el turbio horizonte de la complacencia hacia el que, ignorante, apuntaba la recién recuperada célibe determinación de tomar sobre sí la potencia de pecado no prematuramente desmantelada por la insuficiencia del ya cometido?

—¿Cuando hablas del pecado —adelantó la sobrina—, estás hablando, tía, de la indiferencia hacia los demás?

—¿Y a ti qué te importa? —preguntó a su vez la señora, un tanto amostazada por las insolentes interrupciones de su sobrina y más molesta por las desviaciones que se veía obligada a tomar, saliéndose de la línea con que de antemano había trazado su sermón, si quería dar respuesta cumplida a sus preguntas, que por los aires de impávido desinterés con que recibía aquellas confidencias que ella bien podía considerar como su más íntimo secreto y, por consiguiente, su más preciado legado para quien supiera apreciarlo así:

—¿Qué te importa, me pregunto, la clase de pecado que haya podido cometer hacia el prójimo si en ningún momento voy a pedir tu absolución y si, por otra parte, nunca será el fruto del legado que tú recibas?

La señora abandonó su puesto ante el balcón y alzando el chal sobre sus hombros tomó de nuevo asiento ante su mesa de trabajo. Cuando encendió la lámpara de su escritorio y el haz de luz de la pantalla invadió sus pantorrillas, la sobrina sufrió una involuntaria sacudida y se retrajo en su postura, encogió los hombros y estiró el cuello, en un gesto de curiosidad y preventiva defensa, como el del paciente que tras un inocuo interrogatorio previo observa con asombro cómo el doctor extrae de la vitrina del instrumental un garfio de insólitas proporciones.

—No quería decir eso, tía —dijo la sobrina con voz apenas perceptible.

—No me importa lo que hayas querido decir —dijo la señora y se acomodó en su asiento, reconfortada por la reducción de su sobrina a una actitud de obediente escucha.

—Tampoco me debería importar —añadió— lo que hagas, pues eres tan dueña de tus actos como yo lo soy de los míos. Tan sólo me deberían importar en la medida en que a mí me afecten, pues no estoy dispuesta a ver que la culminación del proyecto que he elaborado y acariciado durante tanto tiempo se venga abajo a causa de tu inconsecuente precipitación. No me debería importar por ti, entiéndelo, que puedes hacer con tu capa un sayo, sino por mí, y si has comprendido algo de lo que te he dicho no te costará mucho esfuerzo entrever en qué momento me encuentro. Es cierto, estoy en vísperas de poner punto final a ese proyecto, al que por así decirlo sólo le falta la firma que lo acredite y legalice, y por fin me voy a decidir por recibir en audiencia a ese mensajero para que me comunique la misión que le trae por aquí, dejando de lado todas las reservas que desde siempre he albergado antes de dar semejante paso. Tales reservas no habrían tenido sentido si desde un principio yo hubiera deseado mostrarme intransigente; muy bien podía haberle despachado —desde la primera ocasión— con cajas destempladas y, en caso de que hubiera insistido en su demanda, replicarle con la misma firme insistencia y determinación hasta hacerle perder toda esperanza de conseguir su propósito de ser recibido por mí y así dejar morir el asunto por la extinción de un interés sin recursos para ser mantenido y revitalizado tras cada nuevo ensayo. Pero en ningún momento adopté una actitud tan resuelta, en primer lugar porque yo misma no estaba convencida de que debía cancelar el asunto —sino tan sólo demorarlo indefinidamente hasta el momento en que comprendiera sin ambages que tenía que tomar una resolución en uno u otro sentido— y por otra parte, qué quieres que te diga, no podía sino contemplar con la mayor zozobra cómo cabía que fuera sobreseído un litigio por incomparecencia de ambas partes y sin que la justicia se pronunciara mediante una explícita sentencia, de caracteres tan inéditos como para crear jurisprudencia, naturalmente en apoyo de mi tesis. Con todo eso quiero decir que desde siempre estuve persuadida de que el tiempo trabajaba a mi favor, de que la bárbara costumbre a la que me habían sometido la misma noche de mis esponsales tenía sus días contados, que el mundo unido a aquella tradición, exponente de las abominables creencias de una civilización arruinada que para creerse viva empero conservaba, nadie sabía por qué, algunos de sus nefandos ritos, había concluido para abrirse a otra época que yo había contribuido a formar. No; he dicho «nadie sabía por qué» y no es así; todos sabían muy bien por qué y por eso habían callado durante generaciones no sin haber adoptado de puertas afuera las maneras de las creencias modernas pero sin dejar de perseverar puertas adentro en sus ancestrales prácticas; porque de haber ignorado los orígenes y la significación de aquellas tradiciones no habrían dejado de contrastarlas con las formas de la vida moderna y observarlas a la luz de la confesión. Ya sé lo que me vas a decir...

—No lo sabes, tía —interrumpió la sobrina—. Pretendes que lo sabes pero no lo sabes.

—Lo sé perfectamente.

—No lo sabes, tía. Por mucho que digas que lo sabes, estoy convencida de que no lo puedes saber.

—Pues yo te digo que lo puedo saber y lo sé.

—Pues yo te digo que no lo puedes saber por la sencilla razón de que ni yo misma lo sé. Es más, no era mi intención decir algo.

—Está bien, en ese caso te diré lo que habrías dicho si hubieras sabido lo que tenías que decir. Habrías dicho que aquellas prácticas cuyo origen y significación se pierde en la noche del pasado pueden muy bien quedar cristalizadas en ritos inocentes y repetirse sin mutación alguna en la ocasión propicia, despojadas de toda connotación trascendente y reducidas a meros residuos, poco más que divertimentos y festividades periódicas, en el amplio catálogo de los usos sociales. Pues si no tienen otra razón de ser que la supervivencia de la tradición ni ninguna otra sustentación causal, ¿por qué han de cambiar? No tenían que cambiar, no, y eso era lo que más podía atormentarme en cuanto intentaba comprenderlo desde el estado de inocencia. Pero, ¿es que cabía otro, dime, cabía otro?

—No era eso lo que tendría que haber dicho, tía, y una vez más te has equivocado. Dejaremos para más adelante lo que tendría que haber dicho y en cuanto a las costumbres, tía, y las tradiciones, te diré que su primer objeto y su mejor razón de ser es rebajar la pasión. Y después, que la pasión rebajada pero inscrita en la tradición se sienta tan fuerte como la no rebajada pero no inscrita en la tradición y las costumbres —dijo la sobrina, sin mudar de expresión, y dirigiendo su voz hacia el techo, a un interlocutor en las alturas que con su silencio ratificaría su aserto.

—¿Cómo es eso? —preguntó la señora alterada por una súbita impaciencia y, al tiempo que se levantaba de su asiento y se apoyaba con ambas manos en el tablero del escritorio, dirigía a su sobrina una mirada imprudente e inquisitiva—. ¿Cómo has dicho? Haz el favor de repetirlo.

—He querido decir, tía —con palabras medidas y paladeadas, sin el menor recato y raciendo ostensible la satisfacción que le producía la posesión de la iniciativa dialéctica que su tía le había concedido con su pregunta—, tan sólo he querido decir que esta vida es una encerrona y que tiene razón el Eclesiastés.

—¿El Eclesiastés? ¿Cómo? ¿Dónde? —preguntó la señora con creciente impaciencia.

—Capítulo once, párrafo seis.

La señora se dirigió a la alacena, abrió la hoja del cuerpo superior y extrajo un volumen encuadernado en negro, con el lomo castigado. Lo colocó bajo el haz de la pantalla y tras consultar el índice buscó la página deseada, leyó el párrafo repetidas veces —a juzgar por el movimiento de sus ojos— y lo cerró de nuevo cuando —a juzgar por el silencioso movimiento de sus labios— lo hubo aprendido de memoria. Colocó de nuevo el volumen en su hueco, cerró la hoja y con los ojos cerrados y la boca entreabierta apoyó su espalda en la alacena, con un gesto un tanto escénico, demasiado conforme con los anteriores.

—«... o si ambas a dos cosas son buenas» —repitió la señora pero no para sus adentros.

—Cualquiera sabe —dijo la sobrina, al tiempo que frotaba ambos pies contra el suelo de tarima, de manera infantil, un gesto sólo explicable como expresión de un contento sin control.

—O si ambas a dos cosas son buenas —repitió la señora con voz apenas perceptible, con la cabeza gacha y marcando los pasos en el breve trayecto de la alacena a la mesa, como si realmente estuviera debatiendo en su fuero interno una cuestión de suma trascendencia.

Y añadió:

—Nunca he tenido una confianza plena en la ley de los contrarios, pero siempre pensé que si una era buena la otra no podía dejar de ser mala. Y más aún: ambas podían ser igualmente malas, una hipótesis que podía alentarme en la consecución de mis planes tanto como la convicción de que había escogido el mejor camino para acabar con aquella odiosa tradición no sin obligarle a restituir la deuda contraída con mi amor propio. Pues cuando método y fin son igualmente plausibles, ¿dónde puede estar el error o, mejor, la duda? A menos que se oponga la objeción ontológica, es decir, sólo el hecho de que sean método y fin, el hecho de que sean, en una palabra, o pretendan serlo dentro de una realidad (observa: he dicho realidad) desvinculada, desinteresada, desprovista y no necesitada ni de método ni de fin. Entonces...

Sin duda tuvo un momento de desmayo y su mente debió quedar asombrada por el paso de una nube viajera, invadida por la desazón provocada por una pérdida instantánea de memoria que sin influencia en el curso de un pensamiento le obliga a reparar en el escollo no resuelto que ha quedado atrás y sobre el que tendrá que volver en otro momento menos atareado, a fin de despejarlo, si quiere seguir aquél con la imprescindible firmeza que sólo otorga el pleno dominio de las facultades. La señora entrelazó sus manos sobre el escritorio y clavó su mirada en la frente de su sobrina, que reclinó la cabeza, estiró el borde de su falda sobre sus rodillas y cruzó los brazos sobre su busto en actitud de recogimiento.

—Si he logrado hacer saber a cuantos me rodean, de cerca o de lejos, que nadie puede reírse de mí no será para que, a punto de poner fin a mi proyecto, aquellos que me siguen queriendo mal se cobren una tardía venganza haciendo escarnio de ti. Por eso te he convocado y por eso he decidido confiarte lo que nunca he dicho a nadie y aun a costa, me temo, de levantar tus suspicacias y quizás algo más; porque sospecho cuál puede ser el pago a mis esfuerzos por abrir tus ojos y porque en tu situación nada será más explicable que una réplica alimentada por el despecho y la cerrazón. Y bien, la consecución de ese proyecto pasa, desgraciadamente, contra mi voluntad y contra mis expectativas, por el sacrificio de algunas de tus actuales ilusiones (y repara en la palabra, no son más que ilusiones) y si ha de tener el desenlace que auguro lo más probable es que lo atribuyas a mis malas artes, a mi incoercible necesidad de privarte de aquello que yo nunca pude obtener y repetir en tu persona la triste y crepuscular historia de mi renunciación.

—¿Conque ésas tenemos, tía? —preguntó de súbito la sobrina, al tiempo que frotaba los pies contra el suelo con inusitada animación, desenlazaba los brazos y se frotaba también las manos—. ¿Conque ésas tenemos?

La señora, empero, no perdió su empaque; con romana altivez ni siquiera acusó las palabras de su sobrina y solamente se permitió un ligero carraspeo, el del actor que sorprendido por una desconsiderada reacción del público hace una imperceptible pausa para recomponer su tono y devolver a la sala la impresión de que nada ha percibido —y por tanto nada ha ocurrido— que pueda alterar el curso de la interpretación.

—Comprendo que ese sacrificio puede ser difícil de soportar, sobre todo al principio, pero también confío en que gracias a la educación que has recibido en esta casa sabrás sobreponerte al desengaño y, superada la primera crisis, recobrar la paz de conciencia necesaria para comprender que ese hombre más que tu bien lo que desea es mi mal.

—La voluntad de los hombres, tía, está formada por multitud de propósitos, algunos conformes entre sí y otros antagonistas. Y así su conducta a menudo resulta incomprensible, sobre todo para aquellas personas que sólo conciben una única fuente de motivaciones.

—La voluntad de los hombres... —concedió la señora a regañadientes para, en un esfuerzo por mantener su ecuanimidad y no salir con vehemencia al paso de las afirmaciones de su sobrina, no tanto por su contenido cuanto por su intención de replicarla for the sake of argument, añadir a continuación: y la de las mujeres también.

—Las mujeres menos —dijo la sobrina, con una mirada discretamente triunfal hacia el techo—, porque las mujeres se deben a su sexo.

—Eso es lo que pretenden los hombres; eso es justamente lo que los hombres pretenden y ésa es la trampa en que ese hombre quiere hacerte caer.

—Los hombres no tienen sexo, tía —dijo la sobrina.

—Vaya si lo tienen —dijo la señora, con más calma.

—No lo creas; no lo tienen. Parece que lo tienen pero en realidad no lo tienen. Es como los blancos, que no tienen color.

—Vaya si lo tienen —repitió la señora.

—No lo tienen, tía, no lo tienen. Una vez más te equivocas. Los únicos que tienen color son los negros y las únicas que tienen sexo son las mujeres; los hombres tan sólo aparentan tenerlo para poder dar la réplica a las mujeres. Pero si las mujeres carecieran de sexo los hombres podrían prescindir de él. En cambio, las mujeres no pueden prescindir de su sexo aunque puedan prescindir de los hombres. Voilà la difference.

—No quiero creerte; puedo hacerlo pero no quiero —dijo la señora—, y de paso te demostraré una vez más que la voluntad obedece a mandatos no definibles mediante palabras y muy superiores a todos los imperativos de la razón. La razón es astuta y orgullosa, bien lo sabes, y para no reconocer su sumisión a fuerzas que no comprende ni controla alardea de su dominio sobre esas pequeñas pasiones que tiene clasificadas y controladas. Es como ese testaferro del gran señor que nunca aparece en público y al que obedece tan ciegamente como él necesita ser obedecido por sus subordinados, ignorantes de que por encima de él existe otra ignota jerarquía. En mi juventud aprendí de un escritor satírico —hoy, desgraciadamente, convertido en un clásico por culpa de los comentaristas— que definir es desconfiar. Y bien, mi confianza en ese mandato es tan ciega que, a costa de no rendirme a la tentación permanente de identificarlo con el destino —y con esa palabra concluir toda clase de lucubraciones acerca de él—, he preferido no definirlo nunca. Así puedo sentirlo siempre dentro, puedo percibir la presión que desde su oscuro centro ejerce sobre todos los órganos de mi cuerpo a la hora de tomar una decisión y, en lugar de elaborar acerca de él una cierta escatología tras haberlo alejado de mí, encomendando su identificación, su custodia y su vigilancia a los agentes de la razón, prefiero obedecerle con la ferviente disposición de aquellos creyentes de la antigüedad. Pues en principio la razón tiende a raptar todo lo que pertenece al alma, para a continuación exigir por su rescate un buen número de fórmulas que satisfagan su afán de saber y anulen el poder de lo que nunca podrá pertenecer a la sabiduría. Y si no entiendes lo que te digo y no sabes a lo que me refiero y no quieres ponerte a mi altura, será mejor que abandones esta casa —dijo la señora, bajando la vista.

La sobrina, en cambio, elevó un poco más la mirada hacia el techo, hasta casi situarla en la vertical de su tronco, y lanzó un soplido.

—Bah, tía —dijo la sobrina—, nada más fácil. Nada más fácil que estar a tu altura, me bastaría tan sólo renunciar a mis aspiraciones como mujer. Y nada más fácil que abandonar esta casa y dejar que te roa la envidia por el poder de mi sexo.

—Te he advertido siempre de los peligros de la analogía. No creas que porque las mujeres en general gozan del poder de su sexo, también lo tienes tú.

—Lo tengo, tía, y muy desarrollado. Fuerte, desarrollado y vigoroso y, sobre todo, muy llamativo. Al menos a mí me llama mucho la atención. Lo siento en todo momento, incluso dormida, y por eso sé que soy mujer;

sé que el bienaventurado escapará de mí, porque soy más amarga que la muerte, y apresaré al hombre en el pecado y sólo en el pecado.

—A eso voy. No será el pecado que tú cometas el que te aleje de mí y te obligue a abandonar esta casa. Será, por el contrario, el pecado que ese hombre quiere cometer sobre ti y que no podré perdonar, como no pude perdonar el que cometieron sobre mí.

—Descuida, tía. Ya me las arreglaré para cometer yo el pecado y en ningún momento seré inocente. Mi sexo me lo dice, tal como lo dice el Eclesiastés.

—¿Dónde? —preguntó la señora.

—Capítulo siete, versículo veintiséis.

La señora se levantó una vez más para extraer el volumen de la alacena que abrió y leyó a la luz de la pantalla, con la incómoda sensación de saber, sólo por la suficiencia de su adversario, perdida su apuesta. Lo cerró con parsimonia y lo volvió a su sitio, rehuyendo la mirada de su sobrina a fin de no reparar en sus cejas arqueadas y deteniéndose cada dos pasos para ganar tiempo, recomponer su pensamiento y preparar el arranque de su siguiente tirada con el evidente propósito de no ser de nuevo interrumpida. Pero antes de alcanzar el asiento le llegaron las palabras de su sobrina, que escuchó de pie, con los ojos cerrados, como una sentencia condenatoria.

—Lo mío es el mal, el pecado. Mi sexo me obliga a ello porque todas las virtudes, incluso las tuyas, son viriles. Y como, a diferencia contigo, yo no quiero copiar al hombre sino amarlo y degradarlo, no veo otra alternativa que el daño.

Al fin la señora tomó asiento y dijo:

—Repito que si no sabes estar a mi altura será mejor que abandones esta casa, con ese hombre o sin él. Es una manera de hablar autoritaria y molesta, así lo reconozco, pero necesaria. Sin duda pensarás en la enorme contradicción que encierra una persona que presumiendo tanto de su independencia cae en las mismas fórmulas que desde siempre ha impuesto el afán de respetabilidad. Y bien, es cierto: la fórmula es la misma y en esta hora me comporto como cualquier persona celosa de su reputación y de su buen nombre, ardiente defensora de sus métodos, que con impaciencia y rigor trata de transmitir a sus sucesores las convicciones que abriga y la disciplina que ha obedecido. Los métodos y las artes son los mismos, pero la finalidad ha cambiado, cambió desde el momento en que decidí, al otro lado del puente, abandonarle a su suerte. Ni siquiera te lo digo para que continúes mi obra ni para que conserves lo que he alcanzado. Ahora que lo tengo sé lo poco que satisface el poder si no se pone al servicio de una idea inalcanzable. No me asusta la decadencia y no me importaría volver a la miseria si a cambio de ella lograra terminar lo que he emprendido, tenlo bien presente, porque estoy convencida de que una vez concluida mi obra será tan inamovible o tan longeva, cuando menos, como aquella bárbara tradición que tenía que concluir con mi desacato. Pero tengo que terminarla porque inconclusa no es nada y por eso no puedo comprender ni tolerar que un cierto desaliño de tu conducta frustre mi empeño. Me dirás que concedo demasiada importancia a los devaneos de una chiquilla...

—Una chiquilla que siente como mujer —interrumpió la sobrina, sin mudar la postura.

—... pero debo decirte también que mi obligación, como la de aquel famoso coronel Binder, es tomármelo todo en serio. Por otra parte, estoy convencida de que el final está muy próximo. De todos los Amat sólo queda uno —él— que pueda turbar mi tranquilidad y no podré dar por terminada mi misión hasta que se presente aquí no a pedir perdón —porque no hay perdón para los extinguidos—, sino a reconocer: «Nuestra raza y nuestro tiempo han concluido; ahora te toca a ti.» Y por eso no consentiré, entiéndelo de una vez para siempre, que un advenedizo se interfiera en mi proyecto y aprovechando tus apetitos intente restablecer el orden que yo conculqué. Un conjunto fortuito de circunstancias ha entremezclado tus asuntos con los míos y la proximidad de ese mensajero, cuyos tímidos pasos he creído advertir en la escalera, constituye la mejor confirmación de mi augurio. Por lo que he venido a saber, no porque me lo hayas dicho tú, esperas a un individuo y yo a otro. Pero el tuyo sabe muy bien lo que espera de ti en tanto que el mío sólo puede abrigar las más inciertas conjeturas acerca del resultado de su misión, tras muchos años de penosa incertidumbre, dispuesto a enterrar las leyes en que fue educado y terminar con el pesado fardo de su vergüenza. Pero lo que es inadmisible es que a causa de una pequeña demora llegue demasiado tarde y por culpa de tu desvarío se encuentre —en definitiva— con el mismo estado de cosas que dejó y vea en tu caso una repetición del mío. Así pues, si algo estás tramando que no conviene a mis planes será mejor que me lo digas. O, por el contrario, haz lo que te venga en gana y, si así lo crees conveniente, abandona esta casa en pos de ese advenedizo. Pero no intentes, bien claro te lo advierto, invadir mi terreno ni violentar la visita del hombre que está a punto de entrar aquí.

Agosto

—¿Y eso es todo? —preguntó el otro, absorto en la lectura de periódicos atrasados, cuando tras un prolongado silencio advirtió que llevaba largo rato sin hablar. Pero parecía abstraído, abrumado por el relato que —se diría— a sí mismo le había producido una profunda impresión—. ¿Eso es todo? —preguntó de nuevo.

—Eso es todo. ¿Te parece poco?

—No. No me parece ni poco ni mucho. ¿Y la cena? ¿Qué hay de la cena?

—Estará enseguida. Sólo tengo que calentarla. Pero antes quiero saber qué te ha parecido.

—¿El qué? —preguntó distraídamente, al tiempo que volvía a una página que ya había leído varias veces.

—Lo que te he contado.

—Me ha parecido bien. —Ojeó unas cuantas páginas más y dejó el montón de hojas a un lado—. Un poco largo quizá. Yo lo habría contado mejor y más corto. No sé por qué das tanta importancia a una historia que ocurre cada día. Además, algunos detalles no quedan claros.

—¿Por ejemplo? —preguntó el más pequeño, manifiestamente interesado en las observaciones del otro.

—Por ejemplo, lo del niño. Eso no ha quedado nada claro. ¿Y la cena?

—Ya te he dicho que estará lista en un momento. Pero yo no he hablado para nada de un niño. En todo caso de una niña y sólo de pasada.

—Niño o niña da igual. ¿Qué más da? Eso demuestra que lo has contado mal. Si lo hubieras contado bien no habría duda de que se trataba de una niña, o de un niño, para el caso es igual. Y además de saber sin género de duda que se trataba de una niña, o de un niño, a estas horas estaríamos cenando —dijo con un tono de reproche, al tiempo que volvía a las hojas de periódico.

—Ya te he dicho que estará enseguida —dijo el más pequeño, de nombre Abdón, sin acompañar la frase del ademán de levantarse—. Lo que ocurre es que no me has prestado la debida atención. Tú te lo pierdes, tú sabrás lo que haces. Si me hubieras escuchado con atención no tendrías ahora la menor duda acerca del sexo del niño.

—¿Del niño o de la niña? ¿En qué quedamos?

—De la niña. Te lo he dicho varias veces: la niña.

—¿Entonces por qué hablas de un niño? ¿No te das cuenta de que ni siquiera sabes contarlo? Vete a calentar la cena y luego seguiremos hablando.

—Lo he contado bien, como se debe contar, pero tú no me has escuchado porque prefieres leer el periódico, un periódico de hace dos años. Tú sabrás lo que haces. Luego no me vengas con que no te lo advertí.

—Estoy esperando la cena —repuso el otro, sin dejarse conmover, con la atención de nuevo puesta en las hojas del diario que había estado leyendo mientras escuchara contra su voluntad el relato de Abdón.

—Luego no me vengas con historias.

—¿Amenazas? —preguntó el otro, ladeando ligeramente la cabeza para mirarle de soslayo.

—Amenazas, sí, amenazas —repuso Abdón.

—El cielo está lleno de ellas. Es lo único que sabe hacer el cielo: amenazar. Pero la tierra sigue siendo la tierra a pesar de todas las amenazas del cielo. Lo mismo se puede decir de mí.

—Lo único que te digo es que te andes con tiento, que no te metas en un lío. Bastantes tenemos ya.

—La cena, entonces.

Abdón se incorporó de mala gana y ascendió los tres peldaños, pero antes de introducirse en el barracón se volvió de nuevo hacia su reciente compañero:

—Hasta ahora no se lo había contado a nadie.

—Has hecho mal. O no tenías por qué haberlo contado nunca o no tenías por qué venir a contármelo a mí.

—Me pareció que podía confiar en ti. Tuve la impresión de que podía confiar en ti, que tus intenciones eran buenas.

—¿Mis intenciones? ¿Buenas intenciones? ¿Qué es eso?

—En cualquier caso, ¿me guardarás el secreto?

—No —dijo el más alto—, si no traes enseguida la cena.

—Descuida, la traigo enseguida.

En menos de media hora Abdón aportó una cacerola cogida por ambas asas con un paño de cocina, que depositó en el penúltimo peldaño, y dos cucharas. En el siguiente viaje trajo una botella de vino, dos vasos, uno de ellos lleno de agua, y media hogaza de pan.

—¿Qué hay ahí?

—Unas fabes del campo de San Lázaro, con morcilla y oreja.

—¿Recalentadas?

—Hechas ayer.

El otro destapó la cacerola y metió las narices hasta el borde. Luego partió un grueso pedazo de pan, que introdujo en el caldo, y tras medir su temperatura con la punta de la lengua se lo metió íntegro en la boca. Sin terminarlo de tragar se echó un trago de vino directamente de la botella.

—Comida de cerdos —dijo, todavía con la boca llena.

Abdón probó una cucharada y dijo: «No está mal, no está mal.»

Durante la cena apenas hablaron, atento Abdón al ritmo del otro y a duras penas capaz de llevarse una cucharada a la boca por cada tres que se llevaba el otro. Cuando le pidió el pan el otro de mala gana le partió un pedazo, apenas la cuarta parte de lo que se reservó para sí, y cuando en la cacerola ya no quedaban granos ni morcilla ni oreja la colocó entre sus rodillas para mojar el pan a sus anchas. Abdón descendió un peldaño y se sentó a sus pies para mojar a su vez.

—Es como si fuera hija mía —dijo.

El otro pareció sorprendido.

—Sopla y adivina —dijo, para añadir con enojo—: No me dejas sitio para el pie.

Abdón se encogió para lograr meter su pedazo de pan en la cacerola. Con la boca llena dijo:

—Y quién sabe si no lo es.

El otro le miró de soslayo, al tiempo que partía el pan que le quedaba en dos pedazos, se reservaba uno e introducía el otro hasta el fondo de la cacerola, que rebañó con tres vueltas.

—No hay recompensa para el justo —dijo.

Abdón recogió del peldaño la cacerola vacía y los vasos y fue a decir algo, pero el otro se adelantó:

—El justo debe saber que la vida hará de él un pecador. No puede esperar otra cosa. Tenemos que prepararnos a sufrir y a hacer sufrir, Abdón.

—Sobre todo a sufrir.

—Sobre todo a hacer sufrir. Está más en nuestras manos. Sólo los pecadores tenemos derecho a la vida. Quien no lo entienda así se equivoca. O peor aún, se engaña. Sólo el malvado no engaña a nadie. Apártate un poco que se me está durmiendo el pie.

Abdón se apartó.

—¿Tú también pretendes no engañar a nadie? Todo el mundo que conozco pretende no haber engañado nunca a nadie y no han hecho otra cosa que engañar. El único que recuerdo que no sabía engañar a nadie ni siquiera lo sabía, y así le fue.

—¿Qué hay de postre?

—Y por eso prefirió morir, ésa es la verdad. Prefirió morir porque comprendió que viviendo no hacía bien a nadie.

—Pero ¿de quién demonios estás hablando? ¿Quién prefirió morir?

—Te lo he dicho varias veces pero no te has enterado de nada. La verdad es que podía haber seguido viviendo, pero prefirió morir. Debió morir de pena. Siendo ella una niña.

—¿No habíamos quedado que se trataba de un niño? ¿O era una niña?

—No te enteras, no te importa nada lo que te he contado, no sé para qué pierdo el tiempo contigo —dijo Abdón, al tiempo que subía los tres peldaños con los cacharros de la cena—. No sé en qué mal momento se me pudo ocurrir contarte nada, por qué me pasó por la cabeza que tú eras el hombre que estaba esperando.

—Venga, hombre, no te pongas así —dijo el otro,

en tono más conciliador—. Parece mentira que tú, un hombre de gusto, te enfades por tan poca cosa. Qué culpa tengo yo de que no cuentes las cosas con orden. Me lo cuentas otra vez y está todo arreglado. Me lo cuentas mientras tomamos el postre.

—No —dijo Abdón, con una actitud un tanto infantil pero con firmeza—, con una vez basta.

—¿Dónde lo has dejado?

—¿El qué?

—El postre.

—Al lado del fregadero, un paquete de orejones —dijo Abdón, con cierta melancolía, al tiempo que sufría un reflejo en el maxilar—. Le prometí al morir que la ayudaría—. Un vacío se abrió de súbdito en su conciencia; un vacío o un torbellino de pretéritas y etéreas y átonas partículas guerreras sin dirección pero con sentido; allí había una frase perdida y una cara olvidada y en un instante una escena rota y reiteradamente abortiva que a punto de quedar revelada en la película de la reminiscencia se desvaneció para dejar la huella de una pérdida irreparable, la constancia de un pasado que no está en el cuerpo y que deambula en el espacio sin luz para tras un instante de perpleja incandescencia quedar sepulto de nuevo en la penumbra, sin otra materia que una no formulable hipótesis. El otro apareció en la puerta masticando un orejón; descendió los peldaños y le ofreció el paquete.

—El que vino siguiendo a su mujer, ya me acuerdo —dijo, de nuevo con tono conciliador, al tiempo que agitaba y ofrecía el paquete para sacarle de su estado abstraído.

—No vino nadie siguiendo a una mujer. Además no vino aquí —dijo Abdón con desgana, la misma con que extrajo un orejón del paquete. Pero al acercarse el fruto a la boca de nuevo sufrió el reflejo en el maxilar y la misma corriente de chispas y siluetas movedizas e indefinibles —imágenes de una película que corría desengranada del carrete— le arrastró hacia su juventud a una velocidad excesiva para reconocer un solo perfil.

—Yo entonces no vivía aquí —añadió.

—¿No dijiste que vinieron aquí los dos? —preguntó el otro en el momento en que se introducía un par de orejones en la boca.

—En ningún momento he podido decir eso. Aunque me falle la memoria nunca he podido decir un disparate semejante. Yo entonces vivía lejos de aquí. Bastante lejos. Y además no vino siguiendo a ella. Ni mucho menos. En todo caso sería al revés.

—¿Entonces fue ella la que vino siguiéndole a él? ¿No es eso?

—Tampoco —dijo Abdón—. Ninguno de ellos vino siguiendo al otro. Además yo no vivía aquí. Ninguno de los dos se persiguieron. Ni él a ella ni ella a él. No te has enterado de nada. Si se hubieran perseguido la historia habría sido muy distinta y seguramente yo no estaría aquí. Ni tú tampoco. Si se hubieran perseguido qué duda cabe de que se habrían encontrado porque a punto estuvieron de encontrarse sin haberse perseguido. Y si estuvieron a punto de encontrarse sin haberse perseguido, ¿cómo no se habrían encontrado si se hubieran perseguido? Y precisamente no se persiguieron porque no querían encontrarse, porque si hubieran querido encontrarse, qué duda cabe de que se habrían perseguido. Y aún más, se habrían encontrado con sólo que uno de ellos hubiera perseguido al otro aunque éste hubiera hecho todo lo posible por no ser encontrado. Y lo mismo da que fuera él o ella, porque si cualquiera de ellos hubiera querido encontrar al otro —pongamos que todavía ella podía tener interés en encontrarle a él— aun cuando el otro hiciera todo lo posible por no ser encontrado, al final se habrían encontrado, y no porque sea más fácil encontrar a uno al que se quiera encontrar que no encontrarse con uno con el que no se quiere encontrar, que yo dudo que lo sea, sino porque si uno quiere encontrar a otro y dedica todo su tiempo a tratar de encontrarlo, acabará por encontrarlo por mucho que el otro se empeñe en no ser encontrado, como lo demuestra la historia reciente de España y tal vez también la de Alemania.

—No veo por qué —dijo el otro al tiempo que se introducía un par de orejones en la boca—. Si tú dices que es tan fácil encontrarse como no encontrarse, no veo por qué al final tienen que encontrarse.

—Maldición —dijo Abdón, haciendo por primera vez gala de una cierta pérdida de control—, no entiendes nada de nada. No sé qué estás haciendo aquí, no sé por qué pierdo el tiempo contigo y no sé de dónde pude haber sacado que podrías ayudarme a cumplir mi promesa.

—Venga, tómate uno de éstos —dijo el otro, haciendo sonar en el fondo del paquete los pocos frutos que quedaban.

De nuevo sintió Abdón un tirón en el maxilar y antes de sufrir el paso de un fantasma de la memoria, recapacitó y levantando y haciendo oscilar enhiesto su dedo índice derecho ante la nariz del otro, explicó:

—Porque una acción positiva es siempre más fuerte que una negativa, eso lo saben hasta los niños. Por eso los asesinos, los maestros de escuela y los hombres de negocios, en general consiguen sus propósitos. Porque hacer una cosa es más consistente que no dejar hacer una cosa. Por eso la virtud es provechosa, como habrás oído decir.

—Yo nunca he oído decir tal cosa —dijo el otro, al tiempo que hacía una pelota con el envoltorio de los orejones y la arrojaba lejos, más allá de un matorral.

—Siempre que me hablan de virtud pienso en postizos y pelucas —añadió—. Lo mío es el vicio.

—Lo mío también —concedió Abdón—. Justamente porque la virtud es provechosa. Porque si no fuera provechosa no sería virtud. Es decir, es virtud porque es provechosa, y no al revés, porque si el vicio fuera provechoso se predicaría como virtud. La moral es siempre doble y falaz y pone el sustantivo donde debe poner el adjetivo y al revés. En realidad la moral debe decir: El provecho es virtuoso, pero para guardar las apariencias lo dice al revés. Por eso yo sólo me guío del revés de lo que se dice. No es lo opuesto, es el revés. El revés me da mucha tranquilidad porque permite ver cómo están hechas las cosas. Están hechas por el revés para que luego se vean por el derecho. Y el derecho engaña, engaña siempre. Por eso odio las circunstancias y he procurado vivir toda mi vida atento a los reveses. Así en vez de ir tenía que volver, siempre he tenido que volver, que es mucho más cómodo y seguro, más conocido. En cambio, el éxito coge siempre desprevenido. Los nuevos ricos, ah, los nuevos ricos son siempre más nuevos que ricos, y cuanto más ricos se vuelven más nuevos, y nunca pueden volver porque nunca llegan. Bien, yo he terminado ya, así que sólo me queda volver a empezar, sobre cosas bien conocidas. Así que tengo que volver para sufrir los mismos reveses. Es lo bueno del revés, hay que mitigarlo.

—El caso es mitigar —dijo el otro con tan poco interés en la conversación que de nuevo volvió a hojear las hojas sueltas de unos periódicos atrasados.

—Volver a mitigar —dijo Abdón.

—Mitigar volviendo —dijo el otro con el mismo desinterés, y mientras leía la hoja de periódico con la uña del meñique repasaba las juntas entre sus dientes y escupía al suelo pequeños restos de comida.

—Volviendo a mitigar —dijo Abdón.

Cayó en una larga pausa que el otro aprovechó para ir a la cocina y de la alacena, encima del fregadero, coger una botella mediada de castillaza y servirse un tercio del vaso, del que iba tomando pequeños sorbos cuando de nuevo asomó en la puerta. Sin sentarse en el peldaño, dijo:

—No corre nada de aire.

—Por eso he insistido tantas veces —prosiguió Abdón—, porque sabía que tenía que encontrarme con un nuevo revés. Por eso me era difícil cumplir la promesa, sobre todo al principio, cuando yo me empeñé en que tenía que recogerla porque su padre había muerto.

—¿Que había muerto quién? ¿Qué estás diciendo?

—¿Te das cuenta de que no te has enterado de nada? Estabas pensando en otra cosa cuando te lo he contado y ahora te lo tendré que contar de nuevo, desde el principio hasta el fin.

El otro se echó un buen trago de aguardiente y carraspeó. Dijo entre dientes algo que Abdón no llegó a percibir, algo relativo al castillaza y al aire que no corría aquella noche, en son de protesta para eludir la propuesta de Abdón, que tal vez comprendió que no podía repetir el método anterior y tenía que optar por otro procedimiento para que distrajera su interés en los periódicos y lo invirtiera en sus palabras.

—Porque comprendí que no quería escucharme, sino que no quería enterarse de lo que yo le tenía que decir. Que era poco más o menos lo que me había obligado a prometerle, en su lecho de muerte, cabe decir. Entonces ¿por qué no me iba a escuchar? No es que no quisiera escucharme, es que no quería escuchar aquello, cosa bien distinta. Y si yo era el único que se lo podía decir, entonces era a mí al único que no quería o no podía escuchar mientras podía escuchar a cualquier otro. ¿Lo comprendes ahora?

—Claro que sí —repuso el otro—. ¿Por qué no lo iba a entender? ¿Por quién me has tomado? Espera un momento —dijo al tiempo que volvía a la cocina a rellenar el vaso.

—Y no sólo eso —prosiguió Abdón—, y no sólo eso. Porque también quería no querer escucharlo, y para eso necesitaba que alguien se lo fuera a decir para poderle decir: no lo quiero escuchar, y ese alguien sólo podía ser yo, que era el único que lo sabía, por lo menos hasta que yo se lo contara a algún otro para que a su vez pudiera ir a contárselo aun a sabiendas de que no lo iba a escuchar porque no lo quería escuchar. Y ése era el problema, el problema más grave; porque si llegaba otro a quien no conocía, como no me conocía a mí, para contarle lo que no quería escuchar pero sin saber lo que le iba a contar bien podía escucharle y no sólo oír lo que no quería oír, sino perder para siempre la posibilidad de no querer escucharle, que, como te decía, es lo último que quería perder para poder seguir queriendo no escucharlo. ¿Lo has comprendido?

—Claro que lo he comprendido —repuso el otro—. ¿Por quién me has tomado? —añadió con un cierto tono ofendido y provocativo.

—También podía haberle contado una mentira.

—¿A quién?

—A ella, claro está. O a cualquier otro que se lo fuera a contar a ella. Podía contarle una mentira para que se la fuera a contar a ella y así podría escuchar una cosa muy distinta de la que no quería escuchar. Y así podría seguir queriendo no escuchar lo que no quería escuchar.

—Claro. ¿Por qué no fuiste a contarle una mentira?

—¿Qué mentira le iba a contar? ¿Que estaba vivo? O le contaba que estaba muerto —que era la verdad, la que no quería escuchar— o le contaba que estaba vivo. Pero si le contaba que estaba vivo, ¿qué ganaba yo con eso y qué hacía yo con la niña? A mí me daba lo mismo que ella se enterara que había muerto o no porque sé lo cruel que fue con él y lo cruel que hubiera seguido siendo toda su vida si hubiera seguido vivo, pero me importaba por la niña, porque en su lecho de muerte, cabe decir, le prometí que la cuidaría y le daría una educación o la entregaría a su madre porque, según la ley, ella era su madre, que la podría cuidar y educar y dar su nombre, quiero decir el nombre de él, porque ella era la única que podía tener una hija con el nombre de él, según la ley y lo que yo tengo sabido. No le iba a decir, naturalmente, todo lo que nos dijo acerca de ella, lo cruel que fue, cómo durante años se negó a perdonar la afrenta que había recibido la misma noche de su boda y que según él no fue tal afrenta, sino poco más que una broma, una broma de mal gusto que venía de lejos y que la familia repetía para recibir a la nueva esposa de cada varón; para recibirla y para hacerle saber que a partir de ese momento era la dueña de la casa, la madre de todos, y de la misma manera que la esposa del rey desplaza a la madre del rey, a lo que yo tengo sabido. No, no le iba a decir todo lo que él dijo, cuando después de un año vagabundeando por toda la cuenca, como un apestado, llegó a nuestro campamento consumido por la fiebre y durante tres días estuvo delirando, acusando a su padre, a su familia y a él mismo de todo el daño que le habían causado. Pero cuando recuperó la salud ya no volvió a delirar más y ni siquiera sabía que había delirado y acusado a su padre y a su familia de todo el daño que habían causado a generaciones de mujeres inocentes que nunca confesaron el pecado de su casamiento, porque a cambio de él recibieron un premio mucho mayor que todas las penas del infierno, y a cambio del cual bien se podían aceptar todas las penas del infierno. Lo único que quería era olvidar y llevar una vida humilde, sin acordarse para nunca más de su familia, junto a aquella mujer que sin duda le salvó la vida, le cuidó, le perdonó el pecado que él y todos sus antecesores habían cometido sobre generaciones de mujeres inocentes e hipócritas, y al final le dio una hija que le costó su propia vida y, como se demostró luego, también la suya. Además, si le contaba que estaba vivo también podía ocurrir que no lo quisiera escuchar y entonces estábamos en las mismas, con el agravante de haber contado una mentira que habría tenido que repetir —quiero decir, tener que repetir el intento de decírsela— tantas veces como la verdad que no quería escuchar. Por consiguiente, daba lo mismo que fuera verdad o mentira lo que yo cada cierto tiempo fuera a decirle, y para eso, la verdad, prefería ir a decirle la verdad.

—Que estaba muerto.

—Eso es, que estaba muerto.

—Muerto y bien muerto.

—Eso es, muerto y bien muerto —dijo Abdón—. Y que había dejado una hija, al morir, que no tenía madre y que la madre tenía que ser ella, pues llevaba su nombre y sólo una hija de ella podía llevar el nombre de él.

—Pero nunca se lo llegaste a decir —dijo el otro.

—No, nunca se lo llegué a decir porque, como te he dicho, nunca lo quiso escuchar. De eso me consta. Y nunca lo quiso escuchar porque siempre quiso no querer escucharlo; y al final sólo quería no poder dejar de querer escucharlo.

—Y ahora quieres que se lo diga yo.

—Llegado el momento, pretendo que se lo digas tú, por tu bien y por el bien de todos. Pero sólo llegado el momento. Cuando se lo puedas decir como hijo suyo.

—¿Como hijo suyo?

—Sí, como hijo suyo. Como hijo político suyo.

—Sopla y adivina.

Junio

No habían atravesado una manzana cuando de repente Mercedes se detuvo en seco, dijo «Perdona un momento», dio media vuelta, se volvió de nuevo y cruzó la calle, apretando el paso. En la mitad de la calzada dio una voz y echó a correr hasta alcanzar a un hombrecillo, que a su vez se detuvo, dio media vuelta y se echó la mano a la gorra para saludarla.

Mercedes tuvo que agacharse para darle un beso en cada mejilla. Era un hombre pequeño, de aspecto humilde, vestido con ropas de color granítico, con la cabeza redonda y cuarteada, con un pie deforme, que llevaba bajo el brazo un paquete envuelto en papel.

Hablaron animadamente y sólo al cabo de un rato Mercedes alzó una mano, desde la acera de enfrente, para indicar a su amiga que esperara.

El hombrecillo, tras un rato de conversación, echó de nuevo la mano a la gorra para despedirse, pero Mercedes lo agarró por el brazo y le obligó a caminar en dirección opuesta a la que había llevado, pese a sus protestas. Cruzaron la calle y se llegaron hasta ella, pero Mercedes no se lo presentó. Cuando llegaron al punto donde estaba aparcada la furgoneta, Mercedes le invitó a subir, abrió la portezuela del lado del conductor, retranqueó el asiento y le obligó a acomodarse en el asiento de atrás, en el que, pese a su escasa estatura, tocaba con la gorra en el techo a causa de su postura tiesa, sujetando con ambas manos el paquete envuelto en papel.

«No es ninguna molestia, Abdón», había dicho Mercedes. Cruzaron el puente y tomaron la carretera de Burgo Mediano, la misma que habían traído, pero al llegar al cruce, en lugar de torcer por el camino de la finca siguieron adelante. A causa del sol que entraba por la ventanilla, de la hora tardía, del vino que había tomado en la comida, su amiga se durmió y sólo despertó cuando la furgoneta iba dando tumbos por un camino que desconocía, flanqueado de pequeños robles y cercas de piedra a hueso.

—Aquí puedes parar, hija —dijo Abdón cuando llegaron a un llano, antes de cruzar un rústico pontón de tablas más allá del cual el camino se hacía intransitable para vehículos.

—Espéranos aquí un momento, por favor —dijo Mercedes al tiempo que descendía de la furgoneta y retranqueaba su asiento para que saliera Abdón que se despidió de ella de una manera formularia, llevándose dos dedos a la visera de la gorra. Cruzaron el pontón de tablas y se alejaron por el bosquecillo de robles.

Incapaz de recuperar el sueño y cansada de esperar, decidió salir en busca de Mercedes, espoleada por la suspicacia que todos sus gestos y actos, hasta los más inocentes, le provocaban. El camino remontaba un pequeño repecho, desnudo de árboles, desde el que divisó el barracón, al fondo de una hoya, con la espalda a la montaña, y esos dos figuras eternamente detenidas tras el follaje, cuatro pinceladas de un paisaje flamenco.

Un individuo se hallaba sentado en uno de los peldaños de la entrada al barracón, leyendo un periódico, que apartó a un lado cuando se acercó Mercedes. No se levantó y entonces tuvo un presentimiento: la complicidad de aquel hombre con Mercedes a espaldas del otro.

Mercedes colocó su pie sobre el primer peldaño y con su cuerpo reclinado ocultó al hombre sentado. No podía acercarse más en línea recta sin ser vista y optó por ascender por el collado hasta un grupo de enebros que prometía una mejor visión del barracón.

Mercedes se había sentado en el primer peldaño. El individuo elevó los brazos al cielo y echó el tronco hacia atrás; entonces rompió a reír ella —esos sonidos que pierden su emisario al atravesar un campo soleado, esa referencia a un mundo distinto, más antiguo y amable, para quien lo atisba desde lejos— y dobló su cintura. Y cuando de nuevo irguió el torso, se recogió la melena con ambas manos y tras jugar con ella la volvió a soltar en tanto el individuo se puso de pie y de nuevo elevó los brazos al cielo.

No podía distinguir sus facciones pero las adivinaba, sabía que las había visto con anterioridad. Sabía que correspondían a un cierto registro no clasificado, que un solo dato que había de llegar en cualquier momento completaría el retrato. Y de manera automática pensó en la fotografía y recordó la palabra farsante. Cuando el viejo asomó en la puerta del barracón, Mercedes se levantó y extendió la mano para recibir un paquete que le tendió aquél. El individuo volvió a tomar asiento y extendió sobre el peldaño la hoja del periódico. Pero Mercedes, con un gesto atrevido, puso su pie sobre la hoja de periódico y el individuo volvió a elevar los brazos al cielo, con un grito que fue acompañado de unas risas, risas y voces que procedían de un siglo o de un milenio anterior, cuando el instante siguiente no tenía por qué llegar —como en un paisaje flamenco—, cuando el presente se cerraba sobre sí para hacer más extensa la gloria y la paz de la tierra.

Le dijo, en el camino de vuelta, que era un viejo amigo de la familia, una suerte de ermitaño que vivía casi todo el año solo y poco más que de las hierbas del monte; y que le había regalado un paquete de hojas de té silvestre que crecía en las cumbres de El Monje, que él recogía cuando se retiraban las nieves. Una clase de té que lo curaba todo, le dijo, hasta el mal de amores.

Unos días después tomó un taxi que le llevó hasta el mismo altillo, junto al pontón de tablas, gracias a las señas de las que fue tomando nota durante el camino de vuelta. No había nadie a la puerta del barracón que, como siempre, se hallaba abierta.

El barracón despedía un cierto tufo a humedad y dejadez. El aroma de las paredes desnudas y el terrazo agrietado, de la madera podrida y alguna ropa seca lavada con lejía.

—¿Qué desea? —preguntó una voz al fondo del corredor.

¿Qué deseaba? Casi todas las puertas que daban al corredor estaban entreabiertas, en apariencia a habitaciones desnudas, y tan sólo la del fondo dejaba entrever una cocina económica y un fregadero. Una antigua exigencia, nunca satisfecha, la que siempre le había insinuado que existía algo que no había probado y que haría cambiar su vida, le invitó a avanzar por el corredor y acudir a la llamada de la voz al mismo tiempo que un temor inédito, que surgido espontáneamente de su interior se correspondía con el espíritu que desde su infancia le había sido inculcado para responder a las amenazas que acechaban a la mujer virtuosa, le inducía a abandonar aquel lugar al instante y volver (con el taxi) al mundo del orden y de la serenidad. Entonces pensó que estaba a punto de caer en el abismo y con fuertes palpitaciones, sin habla, avanzó por el corredor en dirección a la cocina.

—¿Quién anda ahí? ¿Qué desea?

La voz sonó a sus espaldas. No era la voz de un farsante, fue lo único que pensó, sino la de un soberano del mal que mediante uno de sus muchos artificios le atraía al más insólito de sus domicilios. Y retrocedió por el pasillo y se situó de nuevo ante la entrada del barracón, ante la claridad de la media tarde de un día de junio en la que le esperaba un taxi que la devolvería a su mundo de orden decente, y a su izquierda un corto pasillo en penumbra que conducía a los dominios del lobo.

Optó por la izquierda, por pura ignorancia, por un crédulo respeto a lo desconocido, por envidia; no llevada de la atracción por la aventura, sino espoleada a dar esos tres pasos que permiten vislumbrarla para después desecharla; no desdeñosa de su destino —como el amante de la aventura—, sino atenta a él.

De nuevo la requirió la voz, un solo monosílabo. A medias luces —el cristal de la ventana se hallaba cubierto con papeles adheridos con cinta aislante— un hombre desaliñado y medio desnudo leía sobre un camastro unas cuantas revistas y periódicos deshojados, mientras a un ritmo de relojería devoraba pipas de girasol que cogía de una bolsa al borde de la cama y cuyas cáscaras escupía por el colchón y el suelo.

—¿Qué hay? —preguntó, sin apartar la vista de su lectura y sin dejar de comer pipas.

Estaba en camiseta, sin pantalones, y sólo cuando por su débil, entrecortada y apenas inteligible respuesta comprendió que se trataba de una mujer, dejó caer la hoja del periódico sobre su vientre y sus piernas y detuvo la mano sobre la bolsa de pipas, como un autómata con la cuerda agotada. Pero no se incorporó y entonces ella vislumbró que allí estaba el peligro pero no el mal. No eran sus facciones. No llameaba. No era atractivo ni repulsivo; se diría que no había consumido un solo minuto de su vida en el cuidado de la naturaleza que le había sido concedida, que como un perro callejero había invertido todo su tiempo —un tiempo sin caracteres ni nombres ni hechos— en arrastrar una existencia canalla y que, como un perro callejero, no estaba dispuesto a malgastar uno de sus pocos momentos de descanso ni siquiera por un buen bocado.

No tuvo más miedo que vergüenza y en la caída hacia el desengaño tan sólo pensó en el importe del taxi, el camino de vuelta a las buenas costumbres por el atajo de la avaricia. Le dio un pretexto, le dijo que venía en busca de unas hierbas muy buenas para el insomnio, recomendadas por una amiga suya (cuyo nombre dio en un penúltimo intento de despertar su ¿bestialidad?), pero que no eran para ella sino para una tía suya aquejada de falta de sueño.

—Él no está aquí ahora y yo no sé dónde las guarda —le dijo el hombre sin afeitar, volviendo a tomar la hoja de periódico y las pipas de la bolsa al pie de la cama.

Le dijo lo del taxi; hizo un último esfuerzo por adivinar la presencia del mal y despertar un tácito, espontáneo y malévolo consenso hacia la tentación pero ni siquiera dio un paso hacia adelante, detenida en el centro del pasillo, y el hombre de la camiseta, sin afeitar, no se incorporó de su lecho. Tan sólo le dijo que dejara sus señas, que su amigo le podía llevar las hierbas en uno de sus frecuentes viajes al pueblo.

Octubre

La señora hizo una pausa; atrajo una hoja de papel manuscrita hasta el haz de luz y se caló los lentes para leerla, en apariencia apremiada por el deseo de enmendar un olvido, pero al punto la apartó de nuevo, con ese gesto que combina la decepción por la falta de sorpresa, el alivio por el breve interludio y la apelación al esfuerzo para reanudar la tarea.

—Comprenderás —dijo— que no puedo ver con buenos ojos, si yo supe no seguirle entonces, que tú te dejes perseguir por uno de sus secuaces.

—¿Secuaces?

—Y si no le seguí no fue por falta de ganas, te lo aseguro. Las mismas o mayores que las que tú puedas tener de escapar con uno de los suyos. De eso no me cabe la menor duda, que es uno de ellos, instruido y tal vez pagado para intentar repetir contigo la infamia que quisieron cometer conmigo. Y de la que él era el menos responsable, era lo que intentaba decirme cuando me instó a abandonar la casa y seguirle por el camino del otro lado del río. Pero me retuve a tiempo, al otro lado del río, junto al mojón que señalaba la linde de sus tierras. Porque no se trataba de correr, suplicar y hacerme valer. Y mucho menos olvidar o pasar por alto lo que había ocurrido en las últimas veinticuatro horas. Por el contrario, tenía que magnificar la infamia si quería terminar de una vez con la tradición que la sustentaba. ¿Pero cómo podía hacerla pública sin caer yo misma en la más honda degradación? ¿De qué valía decir «no es cierto», «no es nada grave», «no ha ocurrido nada» si era cierto y muy cierto, si había ocurrido sobre mi propio cuerpo y, es más, tenía que ocurrir, pues ésa era su ley? ¿Con qué fuerza y con qué convicciones podía salir corriendo tras él, más allá del mojón de la linde, para decirle «Te perdono» si no sólo no creía en su falta sino que con todo el vigor de sus entrañas habría recusado el camino del perdón, que nos apartaría del dominio y de la ley de los suyos, para congraciarme con él? ¿Cómo podía admitirlo si era perder todo lo que para él tenía sentido y razón de ser, incluida yo misma, la persona en quien había creído adivinar la fortaleza y la presencia de ánimo y el espíritu de sacrificio necesarios para soportar la ordalía que le permitiría conservar y cambiar todo aquello? ¿Cómo iba a cambiarlo si yo le arrastraba a prescindir de ello? Porque como antes te decía, si bien el incidente que provocó nuestra huida fue el mismo para ambos, las razones de uno y otro eran muy diferentes. Yo fui la segunda porque si él hubiera podido soportarlo yo le habría apoyado y juntos habríamos logrado vencer el furor y la inquina de unos y otros. Pero él abandonó la casa sin pensarlo dos veces y salió corriendo, dejándome sola en la tormenta, sin otra opción que hacer lo propio, en busca de una reparación. No así él que salió corriendo hastiado y enloquecido, en busca de un refugio donde, ya que no olvidar, poder descansar y recuperarse de tanto daño. En un instante había sido (a sus ojos) engañado y desplazado por su padre, traicionado por su mujer y humillado por todos los suyos que, como una ola, con un único creciente rugido —desde el hondo ronquido que viene de lejos hasta su ruptura en mil voces chillonas encrespadas—, se levantaron de la mesa para capturar con la fuerza de un golpe de mar a aquella irresoluta criatura de la espuma. La criatura colocada en la disyuntiva de elegir entre dos partidos y que en un instante rompe con ambos y sigue su propio camino. Yo tenía mi parte de culpa, una gran parte de culpa achacable a mi inocencia y al estado de embriaguez en que había sido conducida al matrimonio, y muy necia habría tenido que ser para esperar que mis acciones habían de conservar el mismo valor tras la completa bancarrota de la sociedad. ¿Para él? Una catástrofe de tal magnitud no podía quedar reparada mediante una razonable distribución de responsabilidades; como si la culpa pudiera administrarse y distribuirse a prorrata, acusando a unos de esto y a otros de aquello, buscando aquí y allá la enmienda de las diferentes faltas y tratando en lo posible de restablecer el, aunque tenso, paradisíaco estatuto anterior a la noche de bodas con un apuntamiento de nuestras diferentes debilidades, un apóstrofe sobre nuestros legendarios vicios y una lección sobre el mejor camino a seguir. No, no era uno sino tres golpes, a cual más mortal; tres muertes que —al tiempo que corría por el camino de la margen izquierda del río, en el coche que volaba y traqueteaba en dirección a la sierra— le llevarían a pensar en una cuarta resurrección en un limbo equidistante de los otros tres territorios del alma, donde desprenderse de la tierra que le vio nacer, del padre que le inculcó con la sangre sus más hondas convicciones, de la amistad que le abrió los ojos a delicadas posibilidades y generativas sugerencias, de la mujer que ridiculizó la palabrería acerca del amor para restaurar su sereno caos no verbalizado. Tenía que huir muy lejos hacia un lugar muy retirado donde recapacitar... ah. ¿Recapacitar? ¿Qué estoy diciendo? ¿Sobre qué podría recapacitar? ¿Acerca de dónde, cómo y con quién podría recuperar los tres territorios perdidos? ¿Y para qué, para seguir siendo él? ¿Y qué quedaba de él sino un número de células tenazmente aferradas a una organización, estatutariamente dirigida al progreso y la beneficencia y clandestinamente dedicada al delito y al contrabando? Ojalá se hubiera llevado consigo el tesoro de un juramento de venganza, el propósito de cobrarse una reparación a todo el daño que había recibido con el agravio más simple, un paño o un pañuelo arrojado al suelo al comienzo de una fiesta, tal vez el mismo que Emilia recogió del suelo, manchado con mi sangre, y que para siempre debía haber quedado en el suelo; no; una vez que se duda —dijo su comprador—, el estado del alma queda fijo irrevocablemente. Pero si él no estaba dispuesto a la vindicta, ¿con qué derecho y para qué iba a buscarla yo? ¡Qué podía hacer! ¿Quedarme en aquella casa con su padre? Tal vez en aquella noche de confusión y embriaguez por mi cabeza pasó por un momento aquella idea, fruto de mis equivocaciones, pero a la mañana estaba desechada y yo sabía sin género de duda quién era mi marido; es más, a quién, de todos los hombres de este mundo, habría elegido yo por marido de haber sido yo quien tenía que elegir. Así pues, ¿qué, aparte de la sangre, iba a restituir a mis desvalijadas arcas con algo así? Pero el camino opuesto también estaba señalado por aquella otra duda —tan paralizante como la primera— que exigía no menos de seis semanas para ser despejada. Y no podía esperar ni seis ni dos ni una semana ni una hora mientras veía el coche que aguardaba en la revuelta del camino de la margen izquierda. No tenía traza de volver. El triple golpe había sido demasiado fuerte como para que intentase recuperarse de él mediante un discreto alejamiento, un retiro y unas semanas de meditación para recomponer el balance que a lo más dejaría a cero las cuentas del libro que para él estaba definitivamente cerrado y no sólo por la magnitud del saldo, te diré, sino también porque habiendo sido criado y educado en el clima de abusos y represalias en el que su familia se había hecho fuerte desde su asiento en las tierras altas de la sierra, había sido de siempre su propósito —una de las pocas ideas que colegí en los escasos encuentros que tuvimos antes de la consumación y perfección del compromiso— cancelarlo en busca de una época de concordia vecinal por la que, por primera vez en su historia, un Amat estaba dispuesto a pagar un precio. Era el primer Amat, que se sepa, que estaba dispuesto a pagar. Por mí, ¿entiendes? A pagar por mí.

—Yo no tendré nunca necesidad de ello, tía —interrumpió la sobrina—. El hombre que a mí me quiera...

—Estúpida —interrumpió a su vez la señora, con un tono enérgico—, todo lo interpretas al pie de la letra.

—Eso es, al pie de la letra divina —dijo la sobrina, para reponerse del golpe con lo primero que pasó por su mente.

—Era el primer Amat dispuesto a pagar, dispuesto a ser el primero en devolver una pequeña cuota de aquello que sus antepasados sólo habían sabido acumular y a cambio de una porción de aquello que sus antepasados sólo habían sabido menospreciar. No se puede decir que hubieran cambiado las cosas, en realidad nada había cambiado salvo una dirección de los asuntos públicos que en nada afectaba a los asuntos públicos y al bienestar de las viejas familias; como ese inalterado cielo en el que sólo ha cambiado la dirección de una veleta que en una noche de aparente calma ha girado ciento ochenta grados y, tras semanas de calma terral, apunta ahora hacia el océano para señalar la ultramarina procedencia de unos vientos —no pueden ser más que borrascosos—

que dominarán el lugar en las próximas horas. Era el primer Amat dispuesto a pagar, el primero en advertir el cambio del viento, el primero que había salido de las lindes de sus tierras y aprendido que en el mundo existía algo más que las burdas y bárbaras leyes del clan. Y pagó, vaya si pagó, el precio más elevado pero no el suficiente para que Némesis renunciara al usufructo de sus bienes y al dominio de sus tierras. No sirvió para nada; al revés, sirvió para que a la postre renunciara para siempre a sus intereses, dejándolos en manos de una tradición que ejercía el dominio de sus costumbres, más fieras y orgullosas ante la derrota y la defección del único que, nacido para campeón de su fe, se había decidido a impugnarlas. ¿Para qué, dime, iba yo a ejercer el oficio de vengadora, de adelantada de la justicia, de heraldo de las nuevas ideas? ¿Para qué y para quién? Al menos eso lo tuve claro desde el primer momento, sola en la margen derecha (o tal vez la izquierda) del río y viendo cómo desaparecía mi destino y al ritmo del coche que cruzó al trote de sus caballos por el camino de la margen opuesta. Muchas veces he pensado cómo el destino semeja un árbol tan lastimado por el hacha del leñador como por la fuerza del viento, cuya forma cambia tanto con la amputación de una o varias de sus ramas cuanto por el crecimiento de otras, empero conserva su unidad, el sistema radical con el que se alimenta y la foliación que constituye se diría su última razón de ser. Desaparecía un destino, el único cierto, el único para el que yo estaba preparada, como lo estaba para mi cuerpo, al tiempo que torvamente sentía que de su cercenado tronco estaba a punto de brotar otro, ilusorio, concebido en el dolor y tan sólo cognoscible en ese envoltorio de piedad maternal que no permite distinguir sus rasgos, solamente preformarlo mediante sucesivas y siempre las mismas adivinaciones del deseo nacidas en ese estado de espíritu, el dohada, para el que sólo el sánscrito tiene una palabra. Y te aseguro que nada habría sido más fácil que tomar para mí el papel de la venganza —la venganza y el papel, podría decir— porque me habría bastado para arruinar a todos ellos, y terminar con esa familia execrable, llevar adelante la misión generatriz que me habían encomendado y, una vez desaparecidos padre e hijo, constituirme en el centro, en el deshabitado paladión que un día vendría a ocupar el heredero y defensor de su estirpe. Era demasiado fácil, puedes creerme: bastaba con quedarme allí, incluso a presidir el banquete, y dejar que en mi cuerpo se desarrollara su descendencia para rendirlos uno a uno y obligar hasta al patriarca, el que con tantos aires predicaba el respeto a las tradiciones familiares y se declaraba el heredero directo de una ruda pureza feudal, a venir hasta mis pies —llevado en volandas, a causa de su progresiva parálisis— para ofrecerme su tosco trono paisano. Casi a punto estuve de dar media vuelta, en el estribo izquierdo (o tal vez el derecho) del puente, para encararme con todos ellos, obligarles a tomar de nuevo asiento y presidir un banquete de boquiabiertos, sin novio ni padrinos, como si nada hubiera pasado. Pero —quiá— opté por lo más difícil, era demasiado fuerte y demasiado joven y, si me apuras, más hábil, más ambiciosa que todos ellos, más previsora también y con más alcance en la vista. No podía conformarme con su reino paisano cuyo mejor aliciente, cuyo más preciado objeto de valor era aquel Coeur de Lion despojado voluntariamente (¿se puede llamar voluntad a ese negativo furor?) de su herencia, que se exilaba hacia oriente en busca de un enemigo noble con el que contender limpiamente, despechado y marcado para siempre con el horror a la paternidad, al matrimonio, a la familia y la amistad. La ventaja que tiene una venganza es que, por ser un fin en sí misma, no necesita ser justificada, ni recordada ni apenas alimentada con la memoria del ultraje; se adopta como norma y ya está: como la duda, fija el estado del alma; da pie para todo y ennoblece hasta la ruindad; colorea la conducta con tintas intensas y engrandece las cualidades y los defectos; las distinciones que establece son simples y firmes y con arreglo a ellas legisla sin necesidad de sutiles análisis o complicaciones psicológicas. También moraliza y la propia conducta queda en cualquier trance exenta de pecado original; y no admitiendo otra satisfacción que la derivada de su consumación otorga una gran ventaja a todo vengador que no se detenga a paladear los pequeños placeres que le ofrezca el camino elegido, espoleado siempre por un premio de mayor magnitud; después de Canas no hay para él otra Capua que Roma. Yo no me alejé de allí por el camino de la margen derecha del río, con ánimo de preparar y llevar a cabo mi venganza y, sin embargo, el resultado fue como si lo hubiera hecho, tal era el daño sufrido y tal mi resolución. Era doble: alejarme de ellos para poder apoderarme de sus feudos, que por derecho me pertenecerían pero que tenían que venir a mis manos sin ejercer ese derecho... y no volver a tener tratos con ellos, excepto con uno. La analogía; ya te he advertido que debes tener el mayor cuidado con la analogía que es casi tan perniciosa —y tan banal— como la brujería, capaz de obtener los más insólitos y gratuitos resultados de un mínimo parentesco o de una involuntaria y parcial semejanza. Si te confieso que entonces elegí el camino más difícil no será para vanagloriarme de ello, ni mucho menos para situar mi cotización en la cota más alta del coraje. Ni tampoco para predicar con el ejemplo. Te lo digo para que, en la situación en que te encuentras, apliques la lección y te resuelvas siempre por tomar el camino más difícil.

—Monsergas —dijo en esto la sobrina—; no me vengas con cuentos, tía.

—No me estaba refiriendo a las dificultades de todo orden que tendrás que vencer para alcanzar tu meta. No me refería a eso. Me refería más bien a esa meta que, a lo poco que yo sé, has situado muy por debajo de tus posibilidades. Escapar con el primer hombre que se fija en una, ¿a dónde conduce eso? Yo sabía de antemano que la independencia y la fortaleza exigirían muchos sacrificios pero el mayor de todos sería de poca monta en comparación con lo que había perdido. De ahí mi fuerza, de ahí mi resolución; ya no podía perder más, sólo me quedaba ganar. Habiendo apartado por el momento todas las aspiraciones femeninas —el hogar, el marido, la familia, todas esas zarandajas—, no me podía resultar demasiado difícil pasar de un estado cualquiera al inmediato superior, aun cuando en cada salto tuviera que abandonar todo lo inherente al primero. Es la mayor ventaja —quizá la única— de ese egoísmo viril cuyo ejercicio —te diré— requiere un temple y una simplicidad de propósito que están reñidos con cualesquiera de las complacencias con que nos configura y limita nuestra pacata educación. O la tuya, más bien, porque yo tuve una —la poca que tuve procedente de otros labios— muy distinta a la que tú has disfrutado, ya que desde muy niña sólo me enseñaron una cosa: cómo abrirme paso. Y habida cuenta de quién y cómo era ni siquiera necesitaba mucha fantasía para abrirme paso, porque además sabía a dónde tenía que llegar. Te diré lo único que necesitaba: que alguien —a poder ser poderoso— creyera necesitarme. Así que el siguiente tan sólo tenía que ser más poderoso que el anterior y la serie tenía que acabar en mí. Así de simple. Despecho y descontento, fuerza e interinidad, era todo lo que requería; nadie sería en lo sucesivo capaz de darme entera satisfacción en tanto que yo... ¿acaso no podía permitirme toda clase de desaires?

—¿Y el cuerpo, tía? ¿Y los placeres del espíritu? ¿Y esa acomodación en el universo que el yo sólo encuentra si percibe su propia resonancia? —preguntó su sobrina, para añadir tras una breve pausa—: ¿Y dónde si no en el compañero de fatigas está la mayor caja de resonancia?

—Precisamente... precisamente... —respondía una y otra vez la señora, al tiempo que mordisqueaba las patas de sus lentes y contemplaba el techo en penumbra—. Precisamente. Ésa es la dificultad de que te hablaba y que no será tan fácil que comprendas.

—Yo lo comprendo casi todo, tía, incluso tus excesos.

—Tal vez no se trata de excesos, sino de defectos. O de un solo, monstruoso, ubicuo y omnipresente defecto. Ésa es la dificultad de que te estoy hablando y que, nunca resuelta, lo convierte todo en ventajas. No es ni más ni menos que esa clase de engaño que cuanto más conduce a la bienaventuranza más pesado resulta, más irreversible. No es otra cosa que la futilidad de un éxito que —al tiempo que aborta muchos estimulantes fracasos— no afecta a quien debe compartirlo y disfrutarlo. Que no recibe la aquiescencia, el reconocimiento y las congratulaciones del único que puede otorgarlos. El único que podía y debía disfrutarlo, pues a él en exclusiva se lo dediqué, tal vez en vano. Me imagino que el premio de una vida piadosa debe estar aureolado por esa clase de incertidumbre que sólo la muerte y la gloria despejan y ésa es la principal razón, qué quieres que te diga, que me impulsa a negarme a recibir el mensaje que ese hombre pretende entregarme. Es decir, toda mi razón de ser se fundamenta en la naturaleza positiva de ese mensaje y no podría tolerar que encerrase un contenido ambiguo, no digo ya negativo. Entre el desengaño y la sinrazón a estas alturas prefiero mil veces la segunda; es más conforme con mi pasado. ¿Comprendes? Son muchos los años que he pasado en espera de la confirmación que —qué segura estoy de ello— ese hombre lleva en el bolsillo y no estoy dispuesta a arruinar toda la riqueza acumulada a lo largo de ellos por un momento de impaciencia. Sé muy bien que la espera no me harta y tan sólo me decidiré a dar el paso definitivo para recibir su mensaje y hacerle entrega de mi respuesta cuando una prueba de no sé qué género, pero de carácter infalible, venga a coronar todo el cúmulo de premoniciones que adornan esta circunstancia con los caracteres de una anunciación. En esta larga espera no he aprendido nada, tan sólo a esperar; la espera es otro estado de congelación, como la venganza, que sólo permite mantener íntegras las causas que la produjeron, sin añadir una más, hija de la bastardía o de la reflexión. Ahí voy; la reflexión es otra bastardía, ese espurio añadido a la ceguera que determinó en su día las razones de mi vida presente. Y si mi espera sólo obedece a una sola causa, el mensaje sólo puede ser uno y una será mi respuesta. Ni estoy preparada (pues no he querido endulzar mi espera con una preparación espiritual al desengaño, eso hubiera sido la más incalificable —por más íntima— traición al compromiso) para recibir otro, ni sabría qué hacer —no ya en el momento de la entrega, sino en lo sucesivo— de no ser el que yo espero. También es posible que un día entre en el terreno de la desesperación pero no he querido pensar sobre eso. Si ha de venir que venga. No es fácil que así ocurra porque no se me va a agotar la cuerda y porque no siento que en mi organismo haya una rueda más frágil que las demás, cuya ruptura vaya a detener mi impasible tic-tac. Pero siendo tanto lo que me juego, debo dar entrada —al menos en la razón, ya que no en el ánimo— a todas las posibilidades y aceptar que el actual equilibrio en la espera puede en un momento imprevisto venirse abajo y dictarme una manera de proceder bien diferente. No, no lo creo pero es posible. Te diré que en ocasiones añoro la desesperación; es una añoranza un tanto farisea y poco genuina —como el anhelo del santo por el paraíso—, pues no habiéndola conocido con anterioridad en verdad carezco de toda referencia para enjuiciar mi existencia en una situación exenta de toda esperanza. Lo único que sé es que con ella obtendría, y con una sola entrega, todo lo que ahora me es ahorrado y que no es poco; que cesaría mi permanente congoja y terminarían mis cogitaciones y, ¿quién es capaz de afirmar que en cualquier circunstancia la incertidumbre es preferible a la condena definitiva? El día en que decida desesperarme sabré sin duda a lo que me arriesgo, pero en el instante siguiente ¿sabré conformarme con los resultados obtenidos con un gesto irrevocable que cerrará para siempre mi libro de cuentas? Habiendo, como te decía antes, llevado una vida sólo atenta a unos beneficios siempre crecientes, ¿sabré atenerme a un saldo final, aun cuando recoja todas mis aspiraciones, o por el contrario sin habérmelo propuesto habré, durante todos estos años, desarrollado una despreciable mentalidad de negociante que pasará a ocupar la dirección de mis inquietudes, de la misma manera que ahora la ocupa la persecución del objetivo que me propuse y que todavía no he alcanzado? ¿Y qué decir de una posible decepción, de ese engaño a ojos vistas tan sólo aceptado como el señuelo que había de atraerme a este estado y obligarme a llevar una trayectoria sustanciada en la insatisfacción? Ésa es una parte de la dificultad, te diré; tan sólo aquella parte que cae dentro de mis dominios. La otra se refiere a él, cuya libertad había de ser preservada a toda costa, de acuerdo con las condiciones de mi proyecto. Y al llegar aquí necesito preguntarme si, no tanto en el proyecto cuanto en su ejecución, he optado por el método más apropiado para preservar su libertad. Me temo que no. Mucho me temo que mi decisión —reiterada una y otra vez— de despachar de aquí al mensajero sin hacerle entrega de una respuesta clara y terminante haya inducido en el ánimo de quien le contrató y envió, el deseo de insistir en su propósito de conseguir de mí la respuesta que espera, en lugar de abandonarlo tras tantos intentos fallidos. A lo que veo —y la prueba está en la repetición periódica de la embajada— está tan ligado al mensaje como yo misma y así como yo me veo disfrutando de una completa soberanía en todos mis actos, excepto para ese único que debe concluir en un recíproco acuerdo (lo cual grava esos actos con una polaridad reñida con esa presunta autonomía), así le veo a él también (igual que yo misma) como una de esas ficciones geométricas inventadas tan sólo —se diría— para llevar los postulados de la ciencia hasta la frontera del absurdo, como el círculo que carece de un punto o la recta que se incurva en el infinito, desde donde se vislumbra el campo de una teoría más amplia y desconocida, dueño absoluto de sí mismo excepto en el punto donde entra en contacto conmigo, nunca completo a causa de la ambigüedad de mi respuesta a su mensaje. Así pues, si para completar su naturaleza (una naturaleza, no lo olvides, conforme a las viejas reglas sociales) le falta mi respuesta —como me falta a mí su mensaje para llegar a ser del todo yo—, no puedo en verdad presumir de haber incoado el expediente de su completa libertad a no ser que piense que esa libertad es contradictoria con la totalidad de su ser, pues si llegara a ser perfecto —como la recta hasta el infinito o el círculo compuesto por todos y cada uno de sus puntos— difícilmente tendría la libertad de ser otra cosa. Pero si la perfección es contraria a la libertad tan sólo en el espacio verbal, ¿no lo será aún más la imperfección que introduce un doble grado de determinación, el ansia por alcanzar la forma final perfecta y la propia forma final perfecta? Y no hay que olvidar que no era tanto el anhelo de libertad cuanto la insumisión a las reglas heredadas, las leyes de la geometría, por así decirlo, lo que nos impulsó a separarnos, en sendos estribos del puente, en busca de una nueva disciplina no pensada para resolver los problemas de la ciencia antigua, sino adelantada hacia la concepción de otros inéditos. De esa forma me es permitido pensar que su libertad radica, *in extremis,* en la carencia de mi respuesta aun cuando para preservarla se vea —como me veo yo, el otro de ese tortuoso eje de simetría que se establece siempre entre dos personas que se necesitan— en la obligación de otorgar a todos sus actos una determinación incompatible con una libertad de orden poético. He dicho poético, no lo olvides, y no me retracto de ello. Te diré que por ese lado he resuelto desde hace mucho tiempo casi todas las cuestiones pendientes, hasta las más abstractas, incluso las que se refieren al paralelismo o similitud (ya que no analogía) de nuestros actos en el supuesto de que estén dictados por una misma manera de pensar, esto es, una razón común, es decir, la razón. Por eso te he advertido de los problemas de la analogía, para que desconfíes de ella, como yo he hecho siempre.

—Descuida, tía, desconfiaré de ella en el momento en que la perciba —respondió la sobrina— pero no antes. Por ahora sólo veo diferencias, sobre todo en los hombres.

—Harás bien —dijo la señora—. En todo lo que se refiere a la precaución es aconsejable atenerse a los sentidos antes que a las normas. No; partí de nuestra analogía como de un dato inconcuso y el tiempo no ha hecho otra cosa que demostrar la impropiedad de la hipótesis. Una impropiedad muy fructífera, como lo es casi todo error. Es posible que todo el pensamiento levantado a partir de ese dato se venga abajo un día, pero mientras tanto me he permitido progresar (bien, no he progresado en nada pero he perseverado) sin tener que volver nunca sobre la premisa inicial. No sé si en este momento nuestro modo de pensar es análogo y si lo que encierra su mensaje se corresponde exactamente con lo que yo espero que encierre. De no ser así terminará el juego en el momento en que me decida a recibirlo y toda mi teoría —y mi esperanza— se vendrá abajo. Antes te decía que una prueba de carácter infalible acompañará la llegada del mensajero y me decidirá por fin a adoptar la resolución tantas veces diferida. Ya he advertido sus vacilantes pasos en la escalera pero no me refiero a eso. Pero la mejor prueba la constituyes tú que, con tu intempestivo deseo de ser perseguida por un hombre, quieres abandonar la disciplina que se te inculcó en esta casa. Eso me ha abierto los ojos, me ha demostrado —por si hacía falta— que ningún destino se comparte, que no acepta ninguna clase de intervención, que no se mezcla con nada, que no se deja domesticar, que no habla en voz alta ni, como Hécate, se deja ver durante el día. Es lo único verdaderamente propio y por tanto muy celoso de compartir esa propiedad. Así que harás bien en irte, si ese hombre te viene a buscar, cosas que dudo. ¿Has reparado alguna vez en el vuelo de ese bando de aves que evoluciona en el cielo otoñal, con sus giros hacia arriba y abajo, hacia derecha e izquierda, y que desde tierra parece animado de la alegría del recreo pero que en verdad responde a una estricta y arcana disciplina que obedecen todos sus componentes para prepararse al inminente y largo crucero que se les avecina? ¿Has observado cómo una cerrada formación, con un súbito guiño es capaz de desaparecer del firmamento en un instante, con sólo volver sus alas hacia ese ángulo de la luz que les recompensa con un escorzo invisible, para reaparecer al poco en otro punto, como si de otro bando se tratase o como si en el lapso de invisibilidad gozase de la propiedad de romper la continuidad del espacio, y con ese artificio iniciar una trayectoria imposible de ser seguida desde tierra, acaso para escapar a sus amenazas o acaso sólo para jugar con el torpe ojo terrestre? Así es mi momento, todo este momento: en un instante todo lo que he estado observando a distancia puede desaparecer de mi campo con un guiño, ¿y quién me asegurará a mí que ha de reaparecer y dónde?

Agosto

«Era la tradición, qué quieres que te diga, la tradición.
»Una tradición que se remontaba a muchos años atrás, tal
»vez siglos, todo el tiempo que llevaban esas familias vi-
»viendo al pie de la sierra, desde la época de los moros;
»y no sólo los Amat, a los que yo nunca vi, sino muchos
»más, los Murano y los Mazón y los Mayor y los de Val-
»deodio, la tosca aristocracia del piornal. Y a la que todos,
»unos de una forma y otros de otra, obedecían porque pro-
»bablemente procedía de los godos o de cualquiera sabe qué
»tribu del noroeste regida por la ley del jefe, el señor de
»la horca y cuchillo que dicen. Y que las mujeres tenían
»que acatar, lo quisieran o no, ¿y por qué no la iban a
»acatar las mujeres, me pregunto yo? ¿Es que no la aca-
»taban los hombres? Te diré una cosa: las mujeres tienen
»que acatar menos cosas que los hombres, lo que pasa es
»que las acatan más tiempo, por lo general. Y cuando no
»las acatan también las dejan de acatar durante más tiempo
»y de ahí vienen casi todos los problemas entre los hom-
»bres y las mujeres. Los problemas del malhumor y del
»asesinato, quiero decir, porque la mayor parte del mal-
»humor que se da en estas tierras procede de las mujeres
»y de algunos hombres que cuando se afeminan también
»caen en el malhumor. Y en los nervios. Era la mejor forma
»de mantener unida la familia, decían. Pero cuando se man-
»tiene unida la familia no tarda en llegar el asesinato, pero
»eso es otra historia. Porque no era raro que en aquel
»mundo de familias muy unidas —los Amat y los Mayor y
»los de Valdeodio— todos los años cayesen un par de
»sobrinos, cuando no un primogénito. Una mañana apare-
»cía en una cuneta, con la cabeza abierta. Por eso había que
»tener cuidado, mucho cuidado, para preservar la casa y la
»familia, siempre en trance de desaparición. A la salida de

»una curva de cualquiera de los muchos caminos que hay
»por allí. Los caminos eran muy peligrosos; son necesarios
»pero son siempre peligrosos; y las cercas, también, tan
»necesarias o más que los caminos y también muy peligro-
»sas. Más necesarias, si cabe, que los caminos pero más
»peligrosas. Porque sin cercas no hay reclamaciones ni
»guerras y sin guerras no hay paz. Es, como te decía antes,
»al revés de lo que piensa la gente. Por consiguiente, las
»mujeres, que como has de saber —si no lo sabes— han
»sido siempre el soporte de la familia, tenían que aceptar
»y acatar las reglas. De las mujeres prefiero no hablar por-
»que sé poco acerca de ellas, es decir, sé lo suficiente para
»saber que no es necesario saber mucho acerca de ellas. Al
»que pretende saber mucho acerca de ellas, se la juegan;
»se la juegan siempre porque son como los timadores que
»sólo timan a los que se creen muy listos y se creen que
»saben mucho del juego y de entrada van a timar; en cam-
»bio no pueden timar al hombre honrado porque ése no
»entra al juego. Pero sí te diré una cosa: las mujeres se
»quejan de que tienen que obedecer y acatar más que los
»hombres, pero no es verdad. En verdad sólo tienen que
»acatar al marido, pero como lo tienen que acatar todo el
»rato parece que acatan más cuando no es así; no tienen que
»acatar todas las cosas que tiene que acatar el hombre que
»como se las da ya acatadas a la mujer no tiene por qué
»preocuparse de acatarlas de nuevo, ni siquiera la autoridad,
»fíjate lo que te digo, porque apenas va con ella. En cam-
»bio, el hombre tiene que acatar a todas las autoridades que
»además de ser muy numerosas son todas diferentes y
»dictan leyes muy diferentes que no tienen nada en común
»salvo que hay que acatarlas. Pasa lo mismo con la vio-
»lencia, la avaricia y la injusticia; la mujer sólo tiene que
»soportar las del marido y en cambio el marido tiene que
»soportar las de las autoridades. Y la mujer no sabe lo
»que son. No le interesa; prefiere que toda la autoridad
»esté en el marido y así se quita de líos y así se puede
»estar quejando todo el tiempo del marido, que es lo que
»quiere. Porque teniendo sólo una autoridad que acatar y
»una regla que obedecer, la queja es muy fácil. En cambio
»resulta muy difícil, es casi imposible, quejarse de todas las
»autoridades y desobedecer todas las leyes. Si hubiera que

»desobedecer todas las leyes no quedaría tiempo para hacer
»nada; si se quiere hacer algo en esta vida hay que obede-
»cer pero la mujer no quiere hacer nada, sólo quiere que-
»jarse que resulta muy fácil cuando sólo hay que quejarse
»de una persona pero a la larga no da buenos resultados;
»sólo conduce al malhumor y, lo que es peor, a un mal-
»humor permanente que no permite tener raptos de malhu-
»mor. Porque nada anima tanto la vida como los raptos de
»malhumor, sobre todo si no tienen base jurídica, lo he
»dicho bien, base jurídica, como se debe decir. Entre que-
»jarse y desobedecer, prefiero desobedecer, qué quieres que
»te diga, aunque quite mucho tiempo. Pero de todas las
»quejas la más repugnante es la colectiva porque hay que
»huir de la política. Hay que huir de la política. Yo soy de
»los que creen que detrás de la política siempre está la
»mujer y eso no ocurre en otras profesiones, por ejemplo
»en la minería. En la ferretería tampoco y, en general, en
»el comercio, sobre todo al por mayor. En las cosas menu-
»das sí. Hay cosas en las que la mujer no quiere intervenir
»—y no sólo porque son exclusivas de los hombres— pero
»en la política interviene siempre. La mujer es un engaño;
»un engaño de la naturaleza que no podría haberse desarro-
»llado como se ha desarrollado si no hubiera tenido en su
»mano dos papeles. No digo sólo dos sexos y tampoco se
»trata del bien y del mal, sino de algo más complicado.
»Si no tuviera dos papeles todo sería verdad y eso no puede
»ser, sería insoportable. Y más que insoportable, estéril.
»Porque la variedad (no la fecundidad) necesita dos papeles
»y entonces, lo quieras o no, se introduce el engaño. Enton-
»ces uno es más que otro y uno de ellos tiene que engañar.
»A la fuerza. La diferencia y el engaño son en realidad la
»misma cosa. Me parece que está muy claro y no com-
»prendo por qué no lo entiendes.»

    El otro, sentado en el peldaño superior, no debió oírle porque no abandonó la lectura de unos periódicos atrasados. Había hincado el mentón en el pecho y leía entre las piernas, con la hoja extendida en el peldaño inferior. Abdón se inclinó sobre él y sin abandonar su asiento le metió el codo en el costado. El otro dio un respingo, levantó la vista y miró en torno suyo como un resucitado.

    —¿Qué hostia ocurre? —preguntó.

—Te digo que la mujer es un engaño.

—Sí, es un engaño —asintió el otro y de nuevo hincó el mentón en el pecho al tiempo que dejaba a un lado la hoja que había estado leyendo y tomaba una revista que, por su estado, debía ser muy atrasada.

—Todo engaño se engaña —sentenció Abdón—. Imposible salir de su propia trampa. Años perdidos, facultades disminuidas. Ningún tipo de ventaja. Ni siquiera el perdón; pero tampoco la culpa, pienso yo. Pero era lo único que quería. Locura e ingratitud. Un ejemplo de ingratitud, ¿me estás escuchando?

—De ingratitud —dijo el otro, sin abandonar la lectura.

«La costumbre impedía las uniones entre las gran-
»des familias, envidiosas unas de otras, a fin de evitar la
»acumulación del poder, del dinero y de la propiedad en
»una sola mano a causa de una herencia desgraciada o una
»línea sucesoria truncada o un traspaso cualquiera, vete a
»saber por qué. Era una manera bastante prudente de man-
»tener el equilibrio de las fortunas serranas y que se man-
»tuvo en vigor hasta bien entrada la segunda mitad del
»siglo pasado, cuando hizo su presencia —al tiempo que el
»ferrocarril— un nuevo capital levantado en otras tierras
»—en América en general, o en comarcas industriales— que
»no tenía por qué obedecer a las normas tradicionales, al
»mutuo respeto entre los terratenientes y a las reglas de
»aquel equilibrio entre aristócratas del piornal. Un capital
»más nuevo, ágil y ambicioso que si se fijó en esta tierra
»no sería para respetar ninguno de los límites y lindes exis-
»tentes (porque en el fondo todo es un problema de lindes)
»y ante cuyos desafueros, excesos y extravagancias la vieja
»aristocracia del piornal tardó en abrir los ojos, deslum-
»brada por el nuevo estilo en los negocios y los nuevos pro-
»ductos que los nuevos ricos sabían importar de los nuevos
»países. Ah, yo procedo de una familia media que se fue a
»pique a causa de las cosas nuevas, por ejemplo el ferro-
»carril que dividió las tierras en dos bandas tan sólo comu-
»nicadas a través de unos pasos a nivel sin guarda (empero
»menos peligrosos que los que tenían guarda, y en los que
»se podía leer: "Paso sin tren, ojo al guarda") que sólo se
»cruzaban con grave riesgo de perder la vida; un ferrocarril

»que exterminó al ganado en los pasos a nivel o lo ahuyentó
»para siempre con los mugidos del vapor. Por eso mi fami-
»lia detestaba todo lo nuevo, al igual que una antepasada
»mía, llamada Medea, una mujer de muy mal perder que me
»legó una ropa. Yo en cambio he tenido siempre buen
»perder. Es de lo único que me precio porque creo que en
»definitiva es lo mejor que se puede tener: un buen perder
»es el más apreciable legado. Porque si todo se ha de per-
»der no cabe duda de que no hay preparación como la que
»enseña a perder, sin demasiada dignidad pero con buen
»tono. Eso sí, con buen tono y pocas maneras, ¿me es-
»cuchas?»

—¿Cómo? ¿Qué? —preguntó el otro, sin dejar de leer las hojas de una desordenada revista en color.

—He dicho con buen tono.

—Eso es, con buen tono.

«Por Dios, que no es tan difícil de comprender. Y
»no era para tanto, te diré. No sé por qué se lo tomaron
»tan a lo trágico, tanto él como ella, no era para tanto.
»A ella no la traté, pero la gente llegó a decir cosas terri-
»bles. Así que las grandes familias buscaban mujeres para
»sus hijos varones entre gentes de lejos o en familias hu-
»mildes y honradas que no presentaran problemas. En ge-
»neral, vecinos de menos rango, vinculados a la casa por
»lazos de servidumbre, pequeños terratenientes, granjeros
»y agricultores unidos a la tierra vecina por la ley del suelo
»y del arado. Gente de principios, muy robusta. Principios
»humildes e inconmovibles. Un gran respeto por los seño-
»res. Gentes que nunca osaron atravesar los límites de sus
»propiedades. Ahí está el secreto, los límites, las lindes, las
»cercas, los mojones, los símbolos de la propiedad, de la paz,
»de la prohibición y del poder generacional. Pero el fe-
»rrocarril lo trastocó todo, no respetó una linde, echó aba-
»jo gran número de cercas y trajo gente nueva, mujeres
»también, mujeres que no temían a las máquinas, acostum-
»bradas a los mugidos y silbidos del vapor. La encontra-
»ron, con toda probabilidad, tendiendo la ropa de la casa en
»la cuerda junto a la barrera, una criatura que cumplía con
»todos los requisitos. Una costumbre que exigía un cierto
»grado de secreto hasta el momento en que se tomaba la
»decisión, sin vuelta atrás. No se le decía nada a ella, ni

»a su familia; se la elegía de lejos. Desde aquel momento,
»por así decirlo, dejaba de pertenecer a los suyos para en-
»trar a formar parte del clan. No veo qué hay de malo en
»ello, una forma de selección como otra cualquiera. Luego
»incluso perdería su nombre, no ya su apellido, porque lo
»único que interesaban de ella eran sus atributos femeni-
»nos, en toda su crudeza, carente de pasado, de propiedad,
»de parentesco y de obligaciones familiares. Un día el emi-
»sario se llegaba hasta su casa para comunicar la elección
»de aquella muchacha y pocos días después serían los pro-
»pios padres del novio quienes confirmarían su decisión.
»Había casos de rechazo, pero pocos, como era natural.
»Unos días antes de la boda era llevada a la casa, presen-
»tada al novio y a la familia e iniciada en las normas, tra-
»diciones y costumbres, que, repito, se remontaban a si-
»glos atrás, a los duros tiempos de las luchas de conquista
»y represalia entre unas pocas mesnadas tan ávidas de do-
»minar a sus vecinos como de preservar sus nombres y su
»sangre. Por eso no podían mezclarlos. La boda se cele-
»braba unos días después, en la más estricta intimidad,
»tan sólo en presencia de la autoridad eclesiástica y los
»miembros más cercanos de la familia, que ostentaban el
»único apellido que sería otorgado a la nueva desposada
»a cambio del olvido y la obliteración del suyo propio, si
»es que alguna vez lo tuvo, pero antes se celebraba el ban-
»quete, una comida por todo lo alto y de carácter más pú-
»blico, cabe decir, pues a él eran invitados amigos y alle-
»gados de la familia, algunos notables del lugar y la auto-
»ridad eclesiástica. Ésa era la pequeña anomalía, el hecho
»que la distinguía de las bodas normales y en el que algu-
»no vería el residuo de una ceremonia atávica, el punto os-
»curo de un rito del que sólo asomaba una parte, la parte
»inocente y festiva por así llamarla, en tanto el verdadero
»sacrificio, el juramento o el misterio —llámalo como quie-
»ras— quedaba encerrado y oculto entre los muros de la
»casa por el pacto de silencio de todos sus habitantes, in-
»cluida ella, ataviada con el traje ceremonial que habían
»usado generaciones de Amats para ese único acto y ador-
»nada con el medallón que la convertiría, hasta el día de la
»boda de su primogénito, en única señora de la casa, in-
»vestida deidad generacional del clan... Sí, procedía del

»ferrocarril; su padre, un honrado capataz de Vías y Obras,
»un hombre de una vez. Pero la boda ya se había celebrado
»en secreto cuando todos se sentaban a la mesa; quiero de-
»cir, la unión a la familia, la unción al yugo Amat, la mez-
»cla de su sangre anónima y generativa a la sangre con
»el apellido que a partir de aquella noche corría por sus
»venas y que solamente así apellidada podría regar el feto
»destinado a perpetuar la estirpe. ¿Lo entiendes?»

—Claro que lo entiendo. ¿No lo voy a entender? —dijo el otro, sin apartarse de su lectura.

—El apellido —insistió Abdón.

—El apellido —dijo el otro—. ¿Crees que estoy sordo? Lo he entendido perfectamente: el apellido.

«Probablemente ya no quedaba del rito más que
»una comedia, una comedia de alcoba, representada por
»unos actores de cuarta fila que ni siquiera se creían sus
»papeles, no podía quedar más que eso. Una inocente pan-
»tomima del rito original con que la tribu pretendía man-
»tener la unión o la hermandad de todos sus miembros
»mediante la ficción de un acto generativo que procedente
»del padre haría de sus hijos sus hermanos. Es una costum-
»bre que se da entre las bestias y entre algunas tribus atra-
»sadas, apiñadas en torno a un jefe del que emana todo
»poder. Un gesto, nada más, pero vaya gesto. Que sin duda
»no haría retroceder de sonrojo a la hija de un granjero
»o de un pastor o de un mulero, acostumbrada desde pe-
»queña a ver —y no sólo en el establo— todos los posi-
»bles ayuntamientos y congresos debajo de un único te-
»cho. Bueno, esa clase de criatura mucho menos pacata que
»la educada en un cierto medio, a la que se le ocultan mu-
»chas cosas, a la que se le enseñan otras mucho más mis-
»teriosas y cuya formación se cierra sobre la palabra pe-
»cado, un acto que tiene que aprender con la imaginación.
»Y si de la alquería o el establo de su padre pasa de la
»noche a la mañana a ser introducida en la cámara nup-
»cial de los Amat, a vestir el camisón de gala y quedar en-
»tronizada, tras una breve y perentoria prueba, como se-
»ñora de la tribu, esposa y madre de su marido y de sus
»hermanos y de sus hijos y reina de la hacienda hasta su
»sustitución por el mismo mecanismo sucesorio que hizo
»posible su transformación, ¿es que le va a hacer ascos

»a ese guiño del patriarca, seguido de un beso, seguido de
»un abrazo y de lo que sea (pues sobre la comedia que
»se representaba la noche anterior al banquete nadie en-
»traría en el más nimio detalle), que ha de consagrar esa
»transformación? No, te aseguro que no le hará ascos; se
»trata del patriarca, una figura totémica, y de los ritos su-
»cesorios del clan; nada más que eso. Del poder supremo,
»para aquella gente, encerrada en sus tierras y su casa, sin
»el menor contacto con los de fuera. Se trata del matrimo-
»nio. El matrimonio del cielo y del infierno, el único de
»verdad. No, no es eso. Del alma y del cuerpo. Tampoco.
»El matrimonio. Pero lo que sería tan fácil de entender para
»la hija del pastor o del mulero (ni siquiera entender, no
»había nada que entender que no entendieran ya, porque
»sabían de eso, porque lo habían visto en su propio ho-
»gar) no lo sería tanto para la hija del capataz de Vías y
»Obras, un hombre a sueldo de la técnica moderna, con
»algunos conocimientos científicos, con ciertas ínfulas, un
»adelantado del progreso; y una hija con una cultura ad-
»quirida en casa. Las cuatro reglas. El matrimonio, la ley
»de la madre. La ley que la madre recibe de manos del
»padre, que antes de casarla con su heredero la hará su
»concubina y así la sangre, el apellido, no tendrá que pro-
»gresar por generaciones, sino que se extenderá por el tiem-
»po como una sola célula, emanación de un único varón
»a través de una única hermandad. Ve a decírselo a la hija
»de un capataz de Vías y Obras que sabe utilizar la alida-
»da, que ayuda a su padre en la elaboración del parte dia-
»rio de trabajo, que conoce las cuatro reglas como la pal-
»ma de la mano. Anda, ve a decirle: el matrimonio, un
»acto de devoción, esa sublimación de los apetitos genéti-
»cos para apartarse de las leyes animales, esa forma de en-
»telequia superior nacida de la necesidad de entender la
»tribu por encima del rebaño o de la manada, la pura su-
»cesión andrógina una vez aceptada la inevitable muerte del
»jefe, ¿entiendes?

—Perfectamente —dijo el otro.

«¿Y cómo no lo iba a entender ella? ¿Ella? La hija
»del mulero o del leñador o del ganadero, me refiero. En
»un instante, te digo, en el mismo instante en que el pa-
»triarca la besa en la frente y la atrae hacia sí, despoján-

»dola de la camisa. Ni siquiera eso. Ni siquiera eso es pre-
»ciso para que la mujer entienda. Porque acerca de esa
»materia la mujer lo entiende todo desde el mismo instan-
»te en que viene al mundo; no es que entienda de eso, es
»que es eso, y cuando finge que necesita entenderlo es para
»aprovecharlo a su manera. El hombre, en su ingenuidad,
»cree que las mujeres tienen que entender esas cosas —ig-
»norando que las entienden desde mucho antes que él—,
»en verdad las únicas que deben entender y acatar, por-
»que para todo lo demás se les permite que no entiendan
»nada. Es decir, se sabe, por otra parte, que no entienden
»nada de nada, y aquella que asegura que entiende algo,
»sea lo que sea, es porque no entiende lo que se le pide
»que entienda; y como no entiende eso, tiene que enten-
»der otra cosa que, en verdad, no debe entender ni hay
»la menor necesidad de que entienda, porque para eso está
»la autoridad, ¿me entiendes?»

—Perfectamente —dijo el otro, por una vez con los ojos exageradamente abiertos—. Te entiendo perfectamente. Y además es lo que yo he dicho siempre.

—¿Qué es lo que tú has dicho siempre? —preguntó Abdón, con la secreta intención de mantenerle en vigilia mediante la apelación a su amor propio.

—Eso —dijo el otro, de nombre Ramón—, lo que yo he dicho siempre. La mujer: el rapto de los sentidos. Lo que por otra parte también dice la prensa.

—¿La prensa? —preguntó Abdón, repentinamente interesado y un tanto perplejo.

—Eso es —dijo el otro—, la prensa de los sentidos.

—Tú te confundes; parece mentira que leas tantos periódicos. Lo que tú quieres decir es la prensa diaria.

—No me confundo para nada —repuso el otro—; si hubiera querido decir la prensa diaria hubiera dicho la prensa diaria. Pero está muy claro lo que he dicho porque a lo que me refiero es a la prensa de los sentidos, que no tiene nada que ver con la prensa diaria.

—La prensa de los sentidos; nunca he oído hablar de ella; no sé qué prensa es ésa.

—Tú no sabes nada de nada. Tú no sabes nada

de lo que ocurre en el mundo. Lo único que sabes es cuatro historias de pueblo que no interesan a nadie.

—Y que lo digas, qué razón tienes —admitió Abdón con un deje de melancolía: «Y ni siquiera las sé bien. »Porque si las hubiera sabido bien desde el principio no »habría estado tanto tiempo dando vueltas a lo que pasó »o debió pasar. Porque en realidad no sé lo que pasó, yo »creo que no lo sabe nadie, ni siquiera los propios pro- »tagonistas, que no se enteraron de lo que pasó. La ver- »dad es que como nunca se sabe bien lo que ha pasado, »nada se puede dar por pasado y todo lo que ha pasado »tiene que seguir pasando. Otra cosa sería si se supiera »bien cómo han pasado las cosas y entonces no habría la »menor necesidad de que volvieran a pasar. Con una vez »que pasen, basta. Pero como nada ha pasado del todo, »o al menos nadie sabe cómo ha pasado y si ha pasado »del todo, ni siquiera existe esa vez. ¿Me explico?»

—No, no te explicas bien, no sabes explicarte. No sabes lo que quieres decir —añadió el otro que, más atento, acentuó sus palabras con un tono de suficiencia—, pero yo lo entiendo perfectamente.

—Da lo mismo —comentó Abdón—. Da lo mismo que lo explique mal y tú lo entiendas bien o que yo lo explique bien y tú lo entiendas mal. Incluso da lo mismo si lo explico bien y tú lo entiendes igualmente bien. O mal. Todo da lo mismo porque como no se puede saber lo que pasó, lo mismo da que lo explique bien que mal, aunque yo prefiero explicártelo bien y que tú lo entiendas mal.

—Yo también prefiero que tú lo expliques mal y yo lo entienda bien. Así podré echarte las culpas de lo que ha pasado. Y no sólo de lo que ha pasado ahora, sino también de lo que ha pasado antes.

—Claro — repuso Abdón—, es lo que pasa siempre. La gente como tú, con poca formación y una mentalidad infantil, siempre piensa que alguien tiene la culpa de lo que ha pasado. Pero como yo creo que todavía no ha pasado nada del todo, sino que todo está por pasar, nadie puede tener la culpa de nada.

Abdón se acomodó en el peldaño, apoyando en él los codos y la nuca, y a sabiendas de que el otro apenas le iba a escuchar y como si hablara a las nubes, dijo:

«Es lo que los dos debían decir, cada cual por su
»lado, un año después de lo ocurrido. Y lo repetirían hasta
»el día de su muerte; al menos él siguió repitiéndolo has-
»ta el día de su muerte. Los dos debían decir lo mismo:
»que tenían la culpa. Y por más que yo le dijera que lo de
»la culpa era lo de menos y que todo se podría arreglar,
»a poco que quisiera arreglarlo, parece que lo único que
»de verdad le importaba era tener la culpa, una culpa que
»por nada del mundo quería perder aun a costa de que no
»se arreglara nada. Yo creo que lo hicieron todo tan sólo
»para poder tener la culpa de lo que habían hecho. Pero
»como te decía antes, no sé muy bien lo que hicieron y,
»por tanto, nunca me he hecho cargo de quién y por qué
»tuvo la culpa. Supongo que la mayor parte de culpa fue
»de ella. Porque además me consta que tampoco ellos —o
»al menos él; a ella no la llegué a conocer— sabían muy
»bien lo que habían hecho, pero suponían que habían he-
»cho algo muy grave porque así podían atribuirse una cul-
»pa igualmente grave. Bueno, lo que él sí sabía es que
»se había venido todo abajo, quiero decir su matrimonio,
»y su herencia, y la descendencia, y la familia, y la propie-
»dad y todo eso, pero no sabía muy bien por qué se había
»venido abajo. Probablemente porque todo se tenía que
»venir abajo; pero, a saber, vete a saber si se vino abajo
»en realidad o si solamente él pensó que se había venido
»abajo, cuando llegó a mi casa, un año después, cargado
»de fiebre, delirando como un gato. Vete a saber. Nada
»se viene del todo abajo, todo tarda en desmoronarse. Él
»vino a mi casa después de un año de peregrinación por
»toda la cuenca, cuando ya no sabía dónde meterse; antes
»había buscado refugio en casa del hombre de confianza
»de su suegro, que también trabajaba en el ferrocarril, pero
»era un lugar peligroso porque ella podía aparecer en cual-
»quier momento, advertida por algún soplón. Decía en su
»delirio que no la podía ver mientras la herida estuviera
»abierta, que incluso el pañuelo se pondría a sangrar. No
»sé qué historia del pañuelo ensangrentado, al pie de la
»cama. No sabía muy bien lo que había pasado, pero sabía
»que había ocurrido algo muy grave, de lo que tenía la
»culpa, naturalmente, pero también de lo que no podía
»arrepentirse porque había que cometer la falta para aca-

»bar con ella y tratar de borrarla con el arrepentimiento
»hubiera sido tanto como preservarla. Y parece, por lo que
»llegó a mis oídos en aquel entonces, que tampoco ella
»quería el arrepentimiento y nada de perdón, sino más cul-
»pa todavía. Y lo curioso es que tal vez no ocurrió nada
»grave en aquella noche terrible, antes del banquete de bo-
»das. Como si aquella noche no hubiera existido, o todo
»lo que había ocurrido aquella noche hubiera obedecido al
»curso fatídico de los acontecimientos, pero no así al des-
»pertar, y sobre todo a lo largo de una tormentosa maña-
»na entre el despertar y la hora del banquete —cuando él
»o ella, uno de los dos, descubrió el pañuelo ensangren-
»tado— y él y ella, pero primero ella, fueron compren-
»diendo la magnitud del engaño de que habían sido objeto
»por tomarse la comedia demasiado en serio. O tal vez se
»la tomó el viejo, el patriarca, un hombre casi inválido y
»desmemoriado que olvidó que se trataba de una come-
»dia o hizo creer a los demás que se había olvidado o con-
»fundió a su nuera con otra clase de mujer o hizo creer que
»la confundía y en lugar de representar la comedia a la
»manera moderna lo hizo a la antigua, a lo vivo, quién
»sabe si momentáneamente protegido por su falta de me-
»moria y acuciado por su exceso de deseo para sentirse
»iluminado por una memoria atávica, la memoria que lle-
»vaba en la sangre y que con la animación de su sangre
»dominó todos sus impulsos. O vete a saber si fue ella la
»que se confundió, paralizada por la ofuscación de la noche
»y demasiado obediente al disfraz, el camisón de bodas re-
»servado durante generaciones para toda nueva Amat, y
»sin tener a quién preguntar fue a suponer que su matri-
»monio, contra lo que había pensado, le unía al viejo, o
»bien hizo creer que se confundía y forzó la comedia y en
»lugar de unirse a su prometido, un hombre tan sólo en-
»trevisto más allá de la cerca, no hay que olvidarlo, se ofre-
»ció al viejo, cogido así por sorpresa. O bien fue él, el pro-
»metido, tan escandalizado por el carácter de la comedia
»que a la mañana siguiente decidió que no era tal, no la
»representación de un acto, sino el acto mismo, las verda-
»deras nupcias entre su padre y su prometida, única ma-
»nera de resolver el incidente. Lo de las cercas era muy im-
»portante, de una importancia capital. Eran los de más allá

»de las cercas; bastaba con eso. Los señores. La rancia y
»tosca aristocracia del piornal. La transustanciación, yo lo
»he dicho siempre. Y una especie de licitación, también.
»Pues es una de las pocas cosas que saben hacer las muje-
»res, licitar, aun cuando luego no sepan qué hacer con el
»objeto de la licitación. No quiero decir el marido, sino lo
»otro. Pero ella lo sabía muy bien, más educada que la hija
»de un mulero o de un campesino, pues su padre, con eso
»de trabajar en los ferrocarriles, había visto mundo y le
»había enseñado diversos principios muy valiosos. No sé
»para qué son valiosos, pero se los había enseñado y ella
»los tenía que aplicar, y por eso resultó que siendo una
»muchacha humilde del otro lado de las cercas, era distin-
»ta. Cuando se dice eso se quiere decir, por lo general,
»más orgullosa y más pagada de sí misma. Bien, eso es lo
»de menos, el carácter apenas tiene importancia en las his-
»torias de falsas pasiones. Tal vez la engañó el viejo, o la
»engañó su prometido, o la engañó la costumbre, o vete
»a saber si se engañó ella misma y a la mañana siguiente
»ella engañó al viejo, y el viejo tuvo que engañar a su hijo,
»y su hijo se sintió engañado por los dos, o, por el con-
»trario, engañó a los dos —como decía en su delirio—,
»pero a la mañana siguiente estaban en el otro mundo y sin
»saber lo que habían hecho pero sabiendo que hubieran
»hecho lo que hubieran hecho estaban en el otro mundo,
»con los sentidos traspuestos y sin creérselo todavía, unas
»horas antes de asistir al banquete. Un par de años des-
»pués —qué digo, no había pasado un año— apareció en
»mi casa; en realidad apareció en casa de Manuela, por re-
»comendación del hombre de confianza de su suegro, que
»no quería líos en su casa y logró desembarazarse de él
»aun cuando estaba consumido por la fiebre. Pero no fue
»en busca de ella, como aquel hombre creía, sino justa-
»mente lo contrario, porque siendo, según él, toda la culpa
»suya no quería perdón ni mucho menos arrepentimiento.
»Sino que esperaría —le dijo a Manuela— todo el tiempo
»que fuera necesario para que ella comprendiera que tenía
»que compartir su culpa, que era justamente —a lo que oí
»decir al amigo de Manuela— lo que ella quería y exigía
»de él, pero al revés.»

—¿Al revés? —preguntó el otro, con una cabezada.

—Sí, al revés; te lo he dicho varias veces: al revés —dijo Abdón con un principio de malhumor.

—¿Pero cómo al revés?

«Pues al revés, sencillamente al revés», continuó Abdón. «Porque aunque ella quisiera compartir su culpa, »de la suya propia no quería desprenderse o reconocer que »también era del otro. Tenía mucho apego a su culpa, de-»masiado creo yo, ya no podía vivir sin su culpa. Es lo que »pasa con las falsas pasiones, no se ponen nunca a prueba. »Obligan mucho y no mueren nunca. No hay manera de »desprenderse de ellas. Un amor verdadero —si es que eso »existe— puede extinguirse, pero de uno falso no hay hom-»bre del que se pueda librar; ni siquiera del amor a la hu-»manidad, que es el más falso de todos. Y a todo esto te »diré que, por lo que yo vine a saber, la única depositaria »de aquel secreto de alcoba debía ser la propia desposada, »la que a cambio de la prueba ciertamente dolorosa y ul-»trajante recibía el legado de la tradición, su preservación y »transmisión, y asimismo su venganza sobre la mujer que »un día habría de sucederla. Un recurso inteligente y as-»tuto, en virtud del cual la mujer, que no tenía en verdad »razones de peso para resistirse a la prueba, terminaría por »aceptarla no sólo por los beneficios inmediatos, sino tam-»bien por el poder que le era conferido para controlar la »familia. Y eso fue lo que ella rompió y rechazó una hora »antes de sentarse a la mesa, lo que ella reveló, con el pa-»ñuelo en la mano —y todos se levantaron de un golpe de sus »asientos— y repudió y sepultó para siempre como una cos-»tumbre bárbara, impropia de pueblos y familias civilizadas.»

—¿Y él? —preguntó el otro, tras un bostezo.

—¿Pues no te he dicho que murió?

—No, no me lo has dicho. Siempre te dejas lo importante. Me cuentas un fárrago de cosas sin el menor interés y, en cambio, olvidas lo más decisivo.

—Te lo he dicho mil veces. Que murió en la casa de Manuela y que dejó una hija huérfana al morir.

—¿Entonces es huérfana de padre y madre? Me habías dicho que había muerto su madre, pero del padre no me habías dicho nada.

—Claro que te lo había dicho. Ha tenido una vida muy difícil pero es muy buena chica. Con muy buenas cualidades, muy buen perder. Y no te lo digo porque sea hija mía (cosa que dicen algunos, pero yo no lo creo), sino porque, de verdad, tiene muy buenas cualidades. Es la mujer que te conviene, te lo digo yo.

—Pero entonces no es hija de ella.

—¿De quién?

—De la del escándalo, la de toda esa historia que me has contado.

—No, hombre, no —repuso Abdón, algo impaciente—. ¿Cómo iba a ser hija suya?

—Y entonces, ¿cómo quieres que le diga yo que es hija suya?

—Porque según la ley lo es. Porque al ser hija de su marido sólo puede ser hija suya y, por tanto, su heredera. Tú me dirás si no te conviene.

—Aun suponiendo que me convenga, querrá pruebas de que es la hija de su marido.

—Las pruebas las tiene Manuela en su poder.

—¿La hija también se llama Manuela?

—Ése es su nombre de pila. En la vida usa otro nombre. Ha tenido una vida muy difícil, la pobre.

—Pero me dirá que tenía que habérsela presentado antes, por lo menos al poco de morir su padre.

—Yo creo —dijo Abdón con un tono más grave— que ni siquiera sabe que ha muerto su padre. Yo creo que sigue en la ignorancia de que murió hace más de treinta años. Yo se lo fui a decir al poco de morir, porque le había prometido cuidar de su hija y hacer todo lo que estuviera en mi mano por sacarla de la cuenca y darle una educación de pago, pero ni siquiera me quiso recibir. Y sé de otras gentes que han tratado de hacer lo mismo pero con otras intenciones, para sacarle dinero alegando que su difunto marido había dejado unas deudas o unas mandas o hasta otros hijos naturales, pero todos tuvieron la misma respuesta; o mejor dicho la misma falta de respuesta. Ni siquiera pasaron de la puerta. Hace mucho de eso, pero supongo que sigue siendo lo mismo. Yo creo que no quiere oír hablar de eso. Que se niega a saberlo. Que quiere seguir negándose a saberlo. Debe pertenecer a esa clase de mujeres que lo esperan todo de los hombres menos que las dejen solas. Por eso tienes que andar con mucho ojo.

Octubre

—Sí reaparecerá —dijo la señora—, te aseguro que está a punto de entrar aquí. He oído sus pasos en el zaguán, tímidos e indecisos al principio, como dando tiempo a que se disipen las últimas brumas de sus dudas. Se ha detenido en el arranque de la escalera, ¿te has dado cuenta? ¿Lo has percibido? ¿Ha llegado hasta ti el crujido con que la madera transmite la zozobra de su espíritu? Se ha detenido ante el arranque de la escalera porque sabe que una vez que ascienda el primer peldaño ya nada le detendrá hasta aquí. Es la primera vez que lo hace, y es natural que la emoción le embargue, pues hasta hoy había dado orden de que se le recibiera en la misma puerta de la calle, que siempre permanece abierta, y que con firmeza no exenta de cortesía se le hiciera saber que no podía seguir adelante, que al ni siquiera poder pasar al zaguán debía dar su visita por no realizada y, por tanto, su mensaje por no recibido. Pero hoy las cosas han cambiado y podrá llegar hasta aquí y hacer entrega de su mensaje, un momento que ha esperado durante tanto tiempo y tantas veces le ha sido negado que bien cabe sospechar que no está preparado para él. Como la primera vez. Como ese potencial amante cuya timidez aumenta con los años porque en cada ocasión es menos capaz de transmitir los sentimientos que alberga. De ahí sus indecisiones y sus vueltas atrás, desde el arranque de la escalera hasta la puerta, como habrás notado. Pero hoy lo he preparado todo de otra manera, incluso he dado asueto a Alejandro y con el pretexto de cuidar la cera he señalado con hojas de periódico el camino que debe seguir, un artificio que me ha parecido conveniente para señalarle sin ambigüedades esta dirección y, si sabe leer la intención de ese gesto, invitarle a deponer toda reserva. Me preguntarás por qué he esperado tanto tiempo para este momento que puedo posponer cuando me plazca, o más bien, por qué habiendo esperado tanto tiempo sin haber obtenido nada a cambio, me decido ahora a romper tan larga espera que bien podía haber abreviado en cualquiera de las ocasiones anteriores. Y me permito, además, adelantar o adivinar tus reparos y comentarios a mi decisión...

—Todo lo que te permitas adivinar acerca de mis pensamientos, tía —interrumpió la sobrina—, está de más. Mis pensamientos son secretos, muy secretos, y nunca caeré en la tentación de descubrirlos. Pues mis pensamientos, tía, son el vestido de mis pasiones y sólo me despojaré de ellos ante quien esté dispuesto a idolatrar mi desnudez.

—¡Por Satanás! ¿Te querrás callar de una vez? ¿Dónde te has creído que estás? ¿A qué viene ahora ese intento de sacarme los colores con tus pensamientos y con tu desnudez? Pues bien, sí; pensarás —fácil es adivinarlo— que he tomado esta decisión en el límite de mis fuerzas, cuando apenas me quedaban posibilidades de obtener los resultados que esperaba de mi larga espera. Que un espíritu amollecido por esa espera al fin decide levantar los rígidos aranceles de su comportamiento para permitir en el penúltimo instante que el azar arriesgue una postura en el juego en el que la razón y la virtud no han obtenido ninguna ganancia. Que, cerca ya de ese límite, la situación que hasta ahora había sabido sobrellevar con paciencia y resolución (y sin renunciar al más insignificante de esos aranceles) se me hace insostenible, y a fin de desmentir la esterilidad de mi ensayo voy a dar entrada en esta habitación al primero que llegue con un mensaje, sea cual sea la persona y por muy sospechosa que pueda parecer la índole de su embajada. Sí, eso es lo que vea en tu cara. Pues te equivocas.

—Yo no acostumbro a equivocarme, tía —dijo la sobrina.

—Te equivocas —respondió impasible la señora— de la misma manera que se equivocaron todos los que con anterioridad vinieron hasta aquí con consejos y recomendaciones, siempre mirando —según ellos— por el bien de mi salud.

—A mí tu salud me importa una higa, tía —dijo la sobrina.

—Ya lo sé, y a mí tampoco me importa nada que no te importe nada mi salud.

—No he dicho que me importe nada. He dicho que me importa menos que una higa.

—Y menos que otra higa me importa a mí todo lo tuyo, bellaca, harta de ajos; y todavía menos que un perdis de pueblo, aficionado al bacalao, te rasque el parrús y te fabrique un bombo para la lotería del niño con un racimo dentro, por si le gusta el vino. Y te aseguro que nada me sería más grato y llevadero que perseverar en esta espera que habiéndola convertido en una costumbre me ha recompensado con una íntima dulzura que no conocía y una seguridad en mis convicciones que no cambiaré por la más provechosa y regocijante sorpresa. Te equivocas, digo, te equivocas. Es más, lo difícil no es dejarse llevar hacia una decadencia sin aspavientos, sino tomar una resolución en este álgido momento, una resolución que tanto puede abrirse a las expectativas que he estado prohijando como a su más repentino y definitivo mentís. Eso es lo verdaderamente difícil, la prueba para la que me he estado preparando y para la que he atesorado toda la fortaleza que mi salud puede producir a fin de superarla si he de enfrentarme a un resultado contrario a mis deseos; pero considera que nunca, hasta que me someta a ella, sabré si será suficiente. Qué duda cabe de que esa ignorancia o ese temor suministran un considerable caudal de energía —suplementaria y bastarda— para soportar y prolongar la demora que si estuviera fijada y emplazada por otra voluntad distinta de la mía había de dar lugar a un estado de ánimo muy diferente, menos flemático y más quebradizo. Siempre vengo a concluir que es la soberanía lo que importa; aunque sea disfrazada. Y justamente aquella consideración me ha llevado a establecer la fecha fija de mi resolución, de una vez para siempre, pues lo que me hubiera ocurrido a mí de estar los días contados por su voluntad bien le puede ocurrir a él al conservar la iniciativa en mis manos. Quiero decir con eso que no puedo jugar con su resistencia como si fuera pareja a la mía; con su paciencia, con su perseverancia. Aunque ni un solo día he dejado de considerar el asunto desde la mayor equidistancia posible entre nosotros, y para conseguirlo en todo momento he tratado de ponerme en su lugar para adivinar sus intenciones y móviles e investigar la manera de cohonestarlos con los míos, no puedo por menos de confesar que en todo lo que a él se refiere he tenido que moverme en el terreno de las conjeturas, pues una sola prueba fehaciente habría bastado para destruir la composición de la espera que me había trazado. La espera es un arte, hija mía, y sólo la imaginación —nunca la fantasía— puede dar satisfacción a la extrema avidez que unas formas tienen por otras. Y te diré, qué gran papel juegan las esquinas y las cercas en las horas de espera.

—Las esquinas sobre todo, tía —interrumpió la sobrina—. Y principalmente las esquinas de la izquierda.

—Sí, tienes razón —concedió por vez primera la señora—. Las esquinas de la mano izquierda son las más importantes.

—Las cercas menos —adelantó la sobrina, que, un tanto estimulada por la concesión de la señora, creyó que mediante aquella ruptura podría cambiar una conversación a la que no veía fin.

—Las cercas han tenido en mi vida una importancia capital. Todo fue cuestión de cercas. Todo lo sigue siendo. Pero no cambiemos de conversación; vayamos a lo nuestro.

—Será a lo tuyo, tía.

—He dicho nuestro, estúpida. E insisto en que en ningún momento busqué la insistencia en sus embajadas mediante la reiteración de mis negativas porque siempre consideré que la reconciliación y el reencuentro deben sustentarse en las mismas razones de la separación, una vez aclarados los malentendidos y la discordia transformada en concordia (sin más que girar los sentimientos), pero sin añadir una más, incorporada a las antiguas pero nacida en el distanciamiento. No, aquellas razones eran más que suficientes como para no requerir ninguna otra suplementaria, ora suministrada por la necesidad, ora por el sentimiento. Basta con ellas. A veces he venido a comparar nuestra situación y nuestra naturaleza a las de esos valiosos caldos de una casi extinguida cosecha, conservados en una botella de tal manera lacrada que la estanqueidad del tapón y la neutralidad del vidrio se limitarán a preservar su condición, sin alterar ninguna de sus características, sin siquiera envejecerlos, y a mí misma me veo en el momento de ser degustada por el experto que, si procede con rigor y se atiene exclusivamente a su experiencia y a sus conocimientos específicos, para nada tendrá que alterar su juicio o incrementar su satisfacción con el valor añadido, insustancial e insaboro de una edad imposible de evaluar con el paladar. Así pues, si bien puedo presumir —en lo que a mí toca, ciertamente— de haber procurado preservar un estado de cosas que no admitía amaño alguno, sino una solución terminante, en contraste no puedo afirmar que todas las circunstancias que dieron lugar al suceso se hayan conservado en su integridad. Ninguna, repito, ha venido a incrementar el acervo de causas que lo motivaron, pero algunas se han perdido para siempre. Circunstancias y personas que sin duda jugaron un papel, primario o secundario, y cuya desaparición no ha servido ciertamente para mitigar el cisma. La mayoría de quienes tenían que presenciar este desenlace, esta apoteosis de la justicia inmanente, yace bajo tierra; los que siguen en su superficie ni siquiera merecen presenciar el espectáculo de la lucha entre dos divinidades. El deseo de venganza se mantiene vivo sobre los muertos porque es de índole espiritual y mis manos al fin se sentirán descansadas y laxas como si en verdad los hubiera estrangulado; y estoy segura de que en cuanto entre aquí sus tumbas bostezarán un último eructo de horror, veredicto de su culpa, ya que no de su muerte. El cisma quedará sellado. He dicho el cisma, sí, el cisma. El cisma que se abrió entre dos personas llamadas a vivir juntas y que se produjo al mismo tiempo que la escisión entre dos épocas, una de las cuales —la presente— al distanciarse más y más de la pasada en apariencia nunca volverá a obedecer las leyes y suscribir los valores de ésta. Pero en contraste con ella, fijada de una vez para siempre por los retratistas oficiales de la historia, la presente aún no ha formalizado su faz y su personalidad —pese a los esfuerzos de las autoridades y los artistas contemporáneos por caracterizarla—, como ese adolescente en el que se insinúan tantos rasgos incipientes, los más de los cuales se extinguirán en el proceso de maduración. Por lo que aún es pronto para afirmar que la época presente es muy distinta de la pasada. Quién sabe a quién saldrá. Hubo un momento que se anunció como un despertar; tú no lo conociste. Tú has nacido y te has educado en la época nueva y, por tanto, estás prematuramente avejentada. Tan sólo te queda por ojear un extenso catálogo de crepúsculos. Pero hubo en mi juventud un momento bien distinto, con todos los caracteres del despertar: el cine, la revolución bolchevique y la aerodinámica. Algo completamente distinto de la secuela de la revolución francesa, ese insoportable siglo XIX convencido de que todo, salvo el amor, sería resuelto por la ciencia y el progreso. Qué enorme equivocación, justamente todo lo contrario de lo que ha sucedido. Porque nuestro siglo empezó mal y al tiempo que se convenció de que sus males eran incurables descubrió que los bienes eran multiplicables; el cine, la revolución bolchevique y la aerodinámica.

—A mí la aerodinámica me importa una higa, tía —dijo la sobrina al tiempo que retraía un poco su falda y recogía el pie para contemplar la redondez de su rodilla—. Sólo reconozco las formas eternas, las formas fidiacas, praxitelianas, donatelianas, miguelangelescas, velazqueñas...

—Tú te callas —ordenó la señora con un gesto terminante—. El cisma está a punto de quedar sellado. No queda nadie para contemplar y aplaudir este momento, pero tal vez es mejor que así sea. Un acto sin público, desprovisto de toda teatralidad, reducido a sí mismo, como debe ser la unión y separación de dos seres, el tránsito entre dos épocas o entre dos estados, esa evolución tan lenta que el ojo humano sólo puede advertirla por sus millonarias improntas, esa tan rectilínea flexión de nuestros sentimientos que sin sospecharlo el alma nos lleva siempre a aquel punto de partida anterior a todo cambio. Desde hace un rato vengo oyendo ruidos de pasos en la escalera que pueden proceder del hombre que me trae ese mensaje que tanto he esperado y tantas veces me he negado a recibir. Incluso he llegado a oír un golpe, un traspiés, y el ruido de la caída de un cuerpo que al punto se ha incorporado. Mientras te escuchaba he estado atenta a esos signos que he interpretado como sólo yo sé hacerlo y he llegado a la conclusión de que se trata del mensajero, un tanto confuso ante una situación muy distinta a la que esperaba. Haz el favor de salir al recibidor a decirle que pase, que estoy dispuesta a recibirle. Procura que pise en el papel para que no deje marcas en la cera.

Septiembre

Cuando apareció Abdón, el otro se hallaba sentado sobre el primer peldaño de la entrada, leyendo unos periódicos atrasados, y apenas le saludó. No parecía de buen talante, aburrido tras un buen número de horas de indolencia y soledad. No había comido en todo el día y fue derecho a la cocina a prepararse una ligera refacción antes de la cena, un vaso de vino (que rara vez probaba), un pedazo de pan y embutido. Con la boca llena se asomó a la puerta. El otro había dejado los periódicos a un lado y garabateaba en la tierra con un palo.

—¿Dónde te has metido todo el día? —preguntó.

—En el pueblo, resolviendo algunos asuntos —dijo Abdón con la boca llena, como si sus palabras fueran una emanación gaseosa del bocado.

—¿Asuntos?

—Eh, eh —dijo, para añadir con la boca despejada—: Ya lo tengo todo arreglado.

—¿Qué es lo que está arreglado? Yo estoy casi en ayunas. No quedaba nada de ayer.

—Todo. Todo está arreglado. ¿No quieres un vaso de vino antes de cenar?

—No. ¿Qué es lo que está arreglado?

Abdón no había calmado su hambre y volvió a la cocina a prepararse otro bocado. Desde allí a voces a través de la ventana dijo:

—Todo. Lo tengo todo arreglado.

El otro no le escuchó o no quiso replicar. Tenía un día malo. Uno de esos días con el ánimo tan oscurecido por una ola taciturna como el cielo cubierto por una nube sin una fisura. Uno de esos días de un malhumor tan dominante que es necesario transmitirlo, al igual que la nube impone lluvia para despejarse.

Dijo Abdón:

—Y bien.

Dijo el otro:

—Bien ¿qué?

Dijo Abdón:

—Ya lo tengo arreglado todo. Hasta la ropa.

—¿Qué ropa? ¿Se puede saber de qué me estás hablando?

—Ya está todo arreglado —cortó Abdón.

El otro hizo un gesto de desagrado y agitó la mano ante su sien para insinuarle —u ordenarle— que le dejara en paz. Cuando Abdón volvió del interior del barracón sostenía por los hombros una chaqueta, como si se tratara de una imagen veneranda, tan orgulloso de ser su portador como convencido de su poder milagroso.

—Ya está todo preparado. Ya sé dónde trabaja y cuáles son sus horas libres —observando al otro por encima de la chaqueta, como un diestro al bicho—. Y la ropa con la que te vas a presentar. Le gustan los hombres bien vestidos; tiene mucho mundo. ¿Qué te parece? Un género que ya no se fabrica. Tienes que ir vestido como un caballero, todo un caballero, para causar buena impresión. Ya verás qué bien te sienta.

—Yo no tengo que causar buena impresión a nadie, ¿te enteras? Ni buena ni mala; yo no causo impresión, ¿te enteras?

—Un traje para toda la vida —contestó Abdón, inmutable—. Un paño excelente, de los que ya no se fabrican. Observa qué calidad de género.

—Trae —dijo el otro.

Abdón se adelantó, no sin cierto recelo, protegido detrás de la chaqueta. El otro se levantó de un salto, le arrebató la chaqueta de un tirón y la arrojó lo más lejos que pudo, que fue poco.

—Imbécil, no tengo la menor intención de causar impresión, y menos con eso.

Abdón alzó los brazos al cielo y clamó:

—¿Hacia dónde correrán las aguas?

El otro tomó una piedra y la lanzó en dirección a la chaqueta, sin acertarla.

Abdón de nuevo clamó, en una actitud más recogida:

—No me importa el dinero que está hecho para perderse. Me importa el rumbo que toman los acontecimientos. ¿Dónde te escondes, soledad? Acuérdate de nuestro pueblo, que es grande y tiene un solo designio.

El sol al descender se había hinchado y, como un globo de goma, mudaba de color a medida que aumentaba de tamaño; nada en su mudable aspecto le señalaba como el centro de un sistema; se diría que el bosquecillo de fresnos y albares, éstos con las hojas apagadas de color y aquéllos casi desprovistos de ellas, fuera muy anterior a él, testigo del paso de advenedizas estrellas y efímeras constelaciones, espectador escéptico de inconmensurables y baldías catástrofes celestiales que ocurrían en torno a la Tierra como la guerra alrededor de Suiza.

—Nada vuelve; parece que algo vuelve —advirtió Abdón, con la vista puesta en la chaqueta— pero en verdad nada vuelve. Por eso es mejor volver. Todo contra corriente, nada más prudente. Porque todo momento es doble, no lo olvides, y hay que estar al acecho pues, si no, crees estar en una cara y estás en la otra. Por eso hay siempre nuevas circunstancias. Circunstancias dolorosas, claro está, como deben ser.

—Cállate. A ver si te callas —dijo el otro— y te vas a preparar la cena.

—No me callaré mientras no te pruebes la chaqueta —repuso Abdón.

—Alcánzamela —ordenó el otro.

Abdón recogió la chaqueta y se la entregó, tras sacudir el polvo y unos hierbajos. El otro volvió a arrojarla con todas sus fuerzas y la chaqueta fue a caer casi en el mismo sitio que antes.

Abdón de nuevo se vio en la necesidad de clamar.

—Tierra maldita, esposa adúltera como todas. Las circunstancias lo pervierten todo. El movimiento es grave, muy grave. Y todo movimiento siendo doble es doblemente grave. Por eso hay que estar al acecho. El agua es muy miserable.

—Cállate —ordenó el otro.

—Pruébate la chaqueta —replicó Abdón.

—No me da la gana —dijo el otro—. No me la pienso poner. No me pienso presentar en ninguna parte.

Vete a hacer la cena que ya es hora. ¿Son horas éstas para estar discutiendo conmigo? ¿Qué libertades son ésas? ¿Quién te ha dado permiso para discutir conmigo? ¿Con quién crees que estás hablando? Yo soy un particular, no lo olvides. Y tú a la cocina, venga.

—Primero pruébate la chaqueta. Después me iré a hacer la cena pero antes te tienes que probar la chaqueta.

—Tráela —ordenó el otro—. Pero estás muy equivocado si crees que me voy a presentar con ella.

Abdón de nuevo recogió y le entregó la chaqueta. El otro la tomó con la punta de los dedos, como si fuera un resto para la basura, y la dio un par de vueltas, contemplándola con manifiesto desprecio.

—Es la prenda más ridícula que he visto en mi vida. ¿De dónde la has sacado?

—Excelente paño —contestó Abdón—, de los que ya no se fabrican. Y un corte muy ajustado y elegante, la línea de toda la vida. Venga, pruébatela.

—Es una porquería —replicó el forastero, volviendo a arrojar la chaqueta al mismo punto—. ¿Qué sabes tú de buenos paños? ¿Cómo pretendes que me pruebe semejante porquería? ¿Quién te has creído que soy? ¿Por quién me has tomado?

—Entonces no hay cena —dijo Abdón.

El forastero se abalanzó sobre él. Ambos hombres lucharon sin empeñar sus fuerzas, sin convicción y sin ganas; abatido en el suelo y a pesar de su cojera, Abdón logró escabullirse y escapar del alcance del otro. El forastero era más robusto y joven, pero más torpe. El crepúsculo había envuelto en su manto al monte pero un par de urracas, encaramadas en las ramas semidesnudas de un fresno, preservaban sin animación ni quejas el último incandescente destello de un día intemporal, como si hubieran de quedar encerradas intactas en el ámbar de las sombras iniciales, supinamente inmovilizadas tras la silenciosa catástrofe.

—No hay cena —repitió Abdón, desde detrás de un tronco.

—La habrá —dijo el otro, al tiempo que se sacudía el polvo de las rodillas.

—No la habrá —dijo Abdón.

—Venga, a por ella —ordenó el forastero—. Que no te lo tenga que decir dos veces.

Abdón recogió por tercera vez la chaqueta y a su vez sacudió el polvo, la tierra y las pajuelas que se habían adherido a ella; el forro apareció asaeteado por numerosas y pequeñas espigas que Abdón, indiferente a la actitud del otro, fue retirando una a una. Cuando hubo terminado la levantó como un trofeo y preguntó:

—¿Te la pruebas o no?

—Venga, trae —dijo el otro.

Abdón le entregó la chaqueta, extendiendo el brazo y manteniéndose con prudencia fuera de su alcance. El otro volvió a coger la chaqueta y la contempló con más consideración, incluso extrajo dos espigas clavadas en el forro. Al fin se la enfundó. Le quedaba un poco corta pero estaba en esencia ajustada a sus medidas.

—¿Qué tal me sienta? —preguntó el forastero.

—De perlas —dijo Abdón, doblemente satisfecho—. Ni hecha a la medida. Ahora sí que pareces todo un caballero. Un caballero en lo mejor de su vida.

El forastero sufrió un súbito arranque de cólera y echó mano a las solapas de la chaqueta con intención de despojarse de ella de manera enérgica, pero debió pensarlo dos veces y se reprimió. Más tranquilo aprovechó el gesto para ajustarse la chaqueta, moviendo el cuello y los hombros, estirando las solapas y el borde inferior. Abdón, como si se tratara de una bestia domada tras un severo correctivo, se acercó a él, le sacudió y le estiró la espalda y los bordes y le abrochó el botón central. Luego dio una vuelta entera en torno al forastero que sacó el pecho y alzó la barbilla con la mirada puesta en la lejanía, en un imaginario espejo en el que gracias a su ausencia se contempló con cierto agrado. El crepúsculo había aumentado el volumen de sombras por la acción de una mano invisible que había accionado un mando oculto y el espejo imaginario confirmó la primera impresión en un claroscuro más misterioso y elegante.

—Ni hecha a la medida —enjuició Abdón, doblemente satisfecho—. Causarás una impresión excelente. Porque ella es muy mirada para estas cosas.

—¿No me queda un poco justa? —preguntó el otro,

sin apartar la mirada del imaginario espejo y al tiempo que sacaba un poco más el pecho y estiraba los brazos.

—Está en lo suyo. Lo que tiene que ser —enjuició de nuevo Abdón al tiempo que daba otra vuelta, en sentido opuesto, alrededor del forastero y con aires de experto—. Ni hecha a la medida —repitió—. A ella le va a gustar, te lo digo yo. Lo ha pasado mal en esta vida pero se ha abierto camino y ha visto mucho mundo. Y sabe distinguir a un verdadero caballero.

El otro de nuevo estiró los brazos, horizontales y paralelos, y cerró los puños.

—Las mangas, ¿no te parece que quedan un poco cortas?

—Las mangas deben quedar siempre un poco cortas. Es lo elegante. Es lo que se lleva ahora. Sólo los vagabundos llevan las mangas largas.

—Pero, ¿tánto? ¿No te parece que quedan demasiado cortas?

—Además las mangas no se miden así. Las mangas se miden con el brazo doblado —dijo Abdón mientras le doblaba el brazo derecho en ángulo recto y la bocamanga retrocedía para dejar al descubierto la delgada, pálida y moteada muñeca del forastero.

El otro recibió con poco agrado la lección de Abdón pero terminó por aceptarla, doblando ambos brazos hasta adoptar una postura gimnástica que no abandonó para dar unos pasos, como un actor japonés.

—¿Por qué no bajas los brazos?

—Porque no quiero.

—Baja los brazos —advirtió Abdón— que deformas la sisa.

—Quiero y no quiero bajar los brazos —dijo el otro, sin deponer su actitud—. No pienso arrepentirme de nada. Ni presentarme de esta guisa. No tengo nada que ver con esa mujer. Que se arregle como pueda pero que no cuente conmigo.

—Es una chica excelente, con mucho mundo. Lo ha pasado muy mal, ha tenido que hacer de todo. Pero ahora tiene un trabajo muy bueno porque en el mundo del arte se le reconocen sus méritos. Seguro que te va a gustar. Y tú le vas a gustar a ella, con ese buen porte. Me recuerdas a su primer novio; eso que tienes ganado. Un hombre del que estuvo muy enamorada. Pero baja esos brazos de una vez, maldito, para que vea cómo te cae.

—No pienso bajar los brazos y aunque los baje no me arrepentiré. No me importa nada esa mujer. Si ella se quiere casar conmigo, bien, pero yo no me pienso casar con ella. Que quede bien claro. Y no pienso arrepentirme.

—No creas; el arrepentimiento de vez en cuando no está mal. Yo siempre que vuelvo procuro volver arrepentido. Es más completo. Y así, además, la falta queda atrás, allá lejos, y se puede volver a ella. Si no te arrepientes y vuelves con la falta no puedes volver a ella, ¿no lo comprendes? Es como un billete de ida y vuelta; la falta garantiza el regreso. Parece mentira que no entiendas una cosa tan simple y tan interesante. Hay que mantener la tentación a cometer la falta y para eso lo mejor es el arrepentimiento. La vida tiene más interés. Doble fondo. Pero, ¿por qué no bajas los brazos de una vez? ¿No ves que vas a deformar la sisa?

—Ya los bajaré, ya, Abdón, amigo mío. También un poco de penitencia no está mal de vez en cuando, siempre que no canse. Hace tiempo que me dije: vuelve. Pero vuelve arrepentido. Hace mucho tiempo de eso pero me acuerdo muy bien. Quizás es lo único de que me acuerdo porque lo primero que me dije en la vida fue eso: vuelve, haz todo lo posible por volver pero no vuelvas arrepentido.

—Nadie vuelve —sentenció Abdón—. El movimiento engaña. Parece que vas a volver pero en realidad no vuelves. El arrepentimiento también, es otro engaño. Pero un engaño un poco más miserable. Por eso quiero que te presentes a ella con un buen traje, vestido como un caballero, porque es muy sensible a eso, ha visto mucho mundo. Ahora es toda una figura en el mundo del arte, ya verás. Y luego está toda la herencia de su madrastra, o lo que sea. A partir de ahora ya verás cómo cambian las cosas. Todo un caballero potentado y una gran señora, una señora de mundo.

—Vuelve, me dije, nada más salir del vientre de mi madre. Miré para atrás y dije: vuelve. Pero lo terrible es no volver entonces y por eso la vida es relativamente sencilla, porque no se vuelve. ¿Te das cuenta que en cuanto vuelves todo se complica?

—Y se nublan las ideas. Porque la memoria recuerda las cosas al revés, que es lo importante, y no conviene volverlas a ver al derecho.

—No es eso. La verdad es que sólo hay un camino y sólo en contadas ocasiones se encuentra la posibilidad de volver. En muy contadas ocasiones. Da igual. Me canso, Abdón, me canso. Y tú también me cansas.

—Baja los brazos de una vez, descansa un poco.

—No te preocupes por mí. Preocúpate más bien por tus hijos y por los hijos de tus hijos. ¿No se dice así? No pienso ir a ver a esa tía. Además, ¿cómo voy a ponerme esta chaqueta con estos pantalones? ¿No comprendes que no puede ser?

—¿Y no te he dicho que lo tengo todo arreglado?

—¿Los pantalones también?

—Los pantalones también, te digo que lo tengo todo arreglado.

—A saber lo que entiendes tú por eso. ¿Y los zapatos? ¿No pretenderás que vaya a verla con estas botas? —preguntó el forastero.

—¿Zapatos? ¿Un par de zapatos? La verdad es que no había pensado en eso —confesó Abdón.

Octubre

—Oigo pasos —había dicho la señora para añadir a continuación, dirigiéndose a su sobrina: Abre la puerta y asómate a la escalera a ver si ha llegado ya.

Pero la sobrina no se movió de su asiento, sumida en la contemplación de sus manos, posadas sobre sus rodillas que —y sólo un observador muy próximo lo habría advertido— temblaban ligeramente.

En efecto, había llegado hacía rato aunque la señora no lo hubiera advertido y la sobrina pretendiera no haberlo hecho. Los dos hombres habían salido de la mina abandonada hacia el mediodía para llegar al pueblo a la caída de la tarde, a esa hora en que gracias a la inclinación de los rayos solares parecía acicalarse para salir, las sombras bajo los aleros y sobrados, las fachadas empolvadas, las tejas y almagre pintados de rouge. De la parada del autobús se llegaron hasta la plaza, a tomar un café en una barra, y Abdón se permitió repetir sus instrucciones porque todo el camino lo hicieron en silencio. Una vez más le estiró la chaqueta y le sacudió los hombros y la espalda y tras una minuciosa observación se dio por satisfecho. El otro no parecía tan satisfecho pero tampoco descontento.

El club no distaba gran cosa de la plaza aunque estaba en las afueras del pueblo, por la misma carretera que habían traído. Pero Abdón se perdió y se vio obligado a inquirir su dirección que un vecino le señaló de mala gana.

Era una casa tan humilde como las demás, de dos plantas, pero separada del resto por un corralón atestado de cajas de botellas vacías y que apenas se distinguía porque el neón todavía apagado estaba colocado en la medianera y el letrero sobre la puerta, pintado en cursivas, había quedado semiborrado por la intemperie. Tan sólo decía:

Yuma. La puerta estaba entreabierta y Abdón retiró un pesado cortinón de color granate que se abrió a un local vacío, con las sillas colocadas encima de las mesas, al fondo del cual un camarero o un mozo con un delantal azul pálido atado a la cintura fregaba el suelo. «No hay nadie», dijo, «todavía no está abierto». Abdón dejó caer el cortinón para hablar con el mozo mientras el otro permanecía en la pequeña antesala contemplando las fotografías, con los nombres de los artistas al pie. Un cuerpo de baile español, un grupo de tres muchachas con traje de cola en torno a un bailarín vestido de corto, todos con los brazos alzados, y mujeres en actitudes estelares, semidesnudas o envueltas en una boa de pieles, con diminutas estrellas de purpurina aplicadas a ciertos locales de sus cuerpos. Estaba tan atento que no escuchó lo que Abdón habló con el mozo.

—No ha llegado todavía —dijo Abdón, asomando de nuevo tras la cortina—. Hay que volver después de cenar. Iremos a entregar el paquete y luego a la fonda.

Pero el otro no le escuchó, abstraído en la contemplación de las fotografías. Había unas pocas en color y las demás en blanco y negro, con el nombre de la artista en una delgada tira de papel escrita a máquina: Yolanda, Nora, María del Mar, Rosana y, en el extremo de aquella reverberante constelación de femeninas lentejuelas, el desplazado nombre masculino de una estrella de primera magnitud: Sobrarbe. Abdón se empinó sobre la punta de sus pies para observar de más cerca y, tras una somera búsqueda, señaló una foto y dijo:

—Es ésta.

El otro giró la cabeza. Era una belleza morena, algo entrada en carnes, acuclillada sobre unos cojines y con las piernas plegadas, con una extensa cabellera lacia que se desparramaba sobre su peraltado hombro derecho, dos abultados pechos y un tal vez demasiado elocuente ombligo, ostentando tres estrellas de seis puntas, como un capitán.

—No es la que más me gusta; prefiero ésta —dijo el forastero señalando a una rubia con expresión de falsa ingenuidad forestal.

—Vamos —dijo Abdón—, no te quedes ahí parado.

A la puerta le entregó el paquete y del bolsillo de

su chaqueta sacó el papel donde estaba anotada la dirección. De vuelta en la plaza preguntó por aquella dirección.

La casa era la última de la carretera de Cafarnú, antes de cruzar el puente. Era, sin duda, una de las mejores casas del pueblo, con una fachada de dos plantas de aparejo de sillería y ladrillo, con un balcón central flanqueado por dos blasones tallados en piedra arenisca de grano fino, y una tercera planta de guardillas. La casa estaba retranqueada respecto al borde de la carretera; una tapia de fábrica tomada con argamasa cerraba la propiedad a todo lo largo de ella —y detrás de la cual asomaban unos frondosos setos de olmos, con unas pocas hojas secas todavía— y tanto la fachada principal como las dos laterales estaban rodeadas por un jardinillo castellano, dibujado con cuadriláteros macizos de mirto y aligustre, en cuyos centros crecían unos esbeltos cedros y una magnolia. Frente a la puerta principal una cancela —una de cuyas hojas se hallaba abierta— se abría a un camino de guijarros recibidos con mortero y limitado por dos poyos de granito con dos golletes de hierro forjado y una cadena enrollada a uno de ellos. A la altura de los hombros del arco sendos farolones iluminaban la entrada o más bien sólo la balizaban, demasiado altos o demasiado escasa la potencia de sus bujías como para despejar la penumbra.

Antes de que los dos hombres llegaran a la altura de la cancela, una ventana lateral de la segunda planta se iluminó de pronto, una mano corrió un visillo y Abdón —que marchaba en cabeza— se detuvo. El otro, con el paquete en la mano, también se detuvo para no ponerse a su lado y Abdón se sintió obligado a mirar hacia atrás, para comprobar que le seguía. Abdón alzó las cejas, sin decir una palabra, y el otro se encogió de hombros como toda respuesta. Desde la plaza hasta la casa no se habían cruzado con nadie, la carretera estaba desierta y sólo cuando se iluminó fugazmente la ventana Abdón advirtió que al otro lado del puente un carro se acercaba al pueblo, cargado de leña. Decidió esperar al carro antes de entrar en la casa —sin saber por qué razón, tan sólo por contemporizar un último momento— y se arrimó a la tapia, como también hizo el otro guardando las distancias para no tener que hablar. Pasó el carro —se diría que tirado más por el movimiento pendular de la cabeza de la mula que por los ingrávidos pasos de sus cascos, como los sonoros topes de un mecanismo esotérico— con un paisano sentado sobre su lanza izquierda, su cabeza, tocada con una boina, abatida sobre su pecho y todo él tan inmóvil y apesadumbrado como la broncínea figura de un monumento funerario, y un pequeño perro de lanas atado con una soga, obligado a sostener un trotecillo contra su voluntad.

Una hoja verde de la puerta de la calle también estaba entornada, una hoja con una aldaba de bronce recientemente limpiada con sidol que se reflejaba en el barniz del roble, y antes de empujarla para hacerle paso Abdón volvió a mirar a su compañero y volvió a levantar las cejas y su compañero volvió a encogerse de hombros. El zaguán era amplio y estaba frío; enlosado con grandes piezas de granito había sido regado recientemente a juzgar por la humedad que conservaban algunas juntas. En un extremo quedaba una elegante y vieja tartana, de cuerpo amarillo y capota negra, mas no como un objeto decorativo sino que fuera de uso su propietario (o propietaria) sin duda no se había decidido a desprenderse de ella; detrás de ella colgaban del muro dos collarines de paseo, adornados con labores de pasamanería un tanto deshilachadas. Del centro del zaguán arrancaba la escalera, cerrada por una doble balaustrada de fundición artística, con pasamanos de madera también barnizados, con sus extremos rematados por sendas bolas poliédricas de cristal morado que, bajo la luz de un gran fanal central, reproducían el ámbito en tantas tomas como caras, como un cuadro pop. A media altura la escalera se desdoblaba y ambos desarrollos estaban formados por peldaños de grueso tablón de pino rojo, recientemente encerados, en cuyos centros se había dispuesto una alfombra de hojas de revistas y periódicos atrasados para evitar la marca de las pisadas sobre la cera todavía fresca. Cuando Abdón alcanzó el arranque de la escalera se detuvo una vez más y volvió la vista atrás para comprobar que su compañero le seguía. De nuevo alzó las cejas y de nuevo éste le replicó encogiéndose de hombros. Ambos desarrollos convergían a la altura de la segunda planta, en un amplio rellano, parte de él cubierto por un extenso felpudo bajo una puerta de madera barnizada, rubia y negra, de dos hojas cortadas de forma que las fibras formaran dos volutas simétricas y una de ellas provista de una mirilla circular de bronce, con media docena de gajos. Junto al marco había un timbre eléctrico, con un casquillo de bronce también recientemente bruñido, y de un agujero del techo colgaba la cuerda de una campana cuyo extremo se anudaba a una argolla empotrada en la pared.

—Vamos, sube —dijo Abdón—, te espero ahí fuera.

El otro hizo una profunda inspiración y una vez más se volvió para observar a su compañero, medio oculto por la hoja entreabierta de la puerta.

Tras un buen rato de espera, en la larga y fresca tarde de octubre, Abdón se decidió a entrar de nuevo. Su compañero se hallaba a cuatro patas en el primer rellano, absorto en la lectura de una hoja de prensa.

—¿Pero qué haces ahí? ¿Por qué no subes? ¿No ves que se hace tarde?

El otro no replicó, absorto en la lectura de la hoja de prensa atrasada.

—Vamos, ¿quieres hacer el favor de subir y llamar?

El otro ni siquiera levantó la vista de su lectura. Impasible y abstraído, dobló sus rodillas y se sentó sobre sus talones para leer con mayor comodidad.

Abdón se decidió a ir por él, un tanto ofuscado. Subió el primer tramo a rápidos pasos pero en el último peldaño resbaló, perdió el equilibrio y cayó. Al caer giró y se golpeó con el hombro y la nuca en la pared, abatió la cabeza, elevó los pies —uno de ellos deforme— y se precipitó de espaldas escaleras abajo, arrastrando consigo unas cuantas hojas de periódicos atrasados, para detenerse tan sólo en el arranque, sentado, con la cabeza empotrada entre dos balaustres y las piernas abiertas, la mirada afectada de una repentina y fija bizquera convergente y la boca entreabierta en una inacabada y pusilánime sonrisa, como la del muñeco de un ventrílocuo al término de la representación.

El otro apenas le observó, absorto en su lectura que prosiguió sin prisa, peldaño tras peldaño, en sentido ascendente y hasta bien entrada la noche. Sería la hora de cenar cuando alcanzó el rellano superior y a gatas llegó hasta el felpudo. Cuando terminó se incorporó y también él resbaló pero no perdió el equilibrio y entonces se acordó del paquete de té que, envuelto en una hoja de periódico, había dejado en uno de los primeros peldaños. Entonces también se abrió la puerta de arriba y apareció la sobrina.

—Pasa —dijo la sobrina—, quiero presentarte a mi tía. Quiero que le digas lo que yo te inspiro; lo que yo soy para ti y cuáles son nuestras intenciones.

Detrás de la sobrina apareció la señora. Ambas salieron al rellano, sobre el felpudo.

—Pasa —dijo la señora—. Entra. Puedes entregarme ese mensaje. Llevo esperándote toda la tarde.

Dio media vuelta y descendió la escalera con apresuramiento, agarrado al pasamanos y pisando con aplomo los peldaños recién encerados, cuidando de no hacerlo sobre las hojas de periódicos atrasados para no resbalar.

Este libro
se terminó de imprimir
en los Talleres Gráficos
de Unigraf, S.A.
Móstoles (Madrid)
en el mes de enero de 1989